止まれ

5分シリーズ+

怖い標識デスゲーム

著
藤白圭

イラスト
トミイマサコ

CONTENTS

Kowai Hyo-shiki
Death Game

怖い標識デスゲーム

プロローグ

仲のいい友だちと帰宅途中《とちゅう》、桂萌香《かつらもえか》は住宅街に不釣《ふつ》り合《あ》いなものを発見した。

何か用事がない限り、いつも同じルートで帰宅している。萌香は、あきらかに昨日まではなかったものに対して不審《ふしん》に思った。思わず立ち止まる。すると、隣《となり》を歩いていた安田《やすだ》みどりが不思議そうな顔をした。

「どうしたの？」

「これ……」

「**ウサギの標識？**」

「どうした？　二人して……」

二人の前を歩いていた大八木《おおやぎ》勲《いさむ》が振《ふ》り返《かえ》ると同時に、素《す》っ頓狂《とんきょう》な声を出す。

「は？　ウサギ？」

萌香とみどりが標識を見上げているのに対し、勲の視線は標識の下に向けられていた。

二人同時に視線を下げる。標識がある路地の向こうに、たれ耳が特徴的《とくちょうてき》な白いロップイヤーがいた。

勲が静かに近寄る。けれど、危険を察知したのだろう。ウサギは慌《あわ》てて逃《に》げ出《だ》した。

「ちょっと待てよ」

引き寄せられるように追いかける勲に、萌香たちも続く。

少し先で三人を待っていた自転車通学の宮城登《みやぎのぼる》と等々力圭吾《とどろきけいご》も、「何があったんだ？」

と戻《もど》ってきた。

五人一緒《いっしょ》にウサギを追いかけ、いつもは通らない細い路地裏へと入る。

その途端《とたん》、ボンッと音がし、白い煙《けむり》が上がった。

「うわっ」

「きゃっ」

急な破裂音《はれつおん》に驚《おどろ》き、五人は腕《うで》や手で顔をかばうと、路地裏に人の神経を逆撫《さかな》でするようなふざけた声が響《ひび》き渡《わた》る。

「ぶっぶぶブゥウーッ！」

五人はハッとする。白い煙の中に自分たちよりも大きな影《かげ》が見えた。

「な、何かいる……」

警戒《けいかい》する五人の前に現れたのは、二本足で立つ真っ白なウサギの着ぐるみだった。

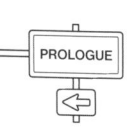

GAME
1

学校の帰り道

〜寄り道しナイで帰りまショウ〜

CHARACTERS

桂《かつら》萌《もえ》香《か》

中学二年生。まじめな委員長タイプ

安《やす》田《だ》みどり

中学二年生。明るくお喋《しゃべ》り好き。等々力圭吾の彼《かの》女《じょ》

大《おお》八《や》木《ぎ》勲《いさむ》

中学二年生。冷静で、いざという時には頼《たよ》りになる

宮《みや》城《ぎ》登《のぼる》

中学二年生。ヤンチャで口が悪い

等《と》々《ど》力《ろき》圭《けい》吾《ご》

中学二年生。お調子者だが根は臆病《おくびょう》。安田みどりの彼《かれ》氏《し》

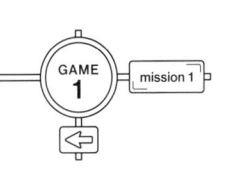

mission－1 動物が飛び出すおそれあり

この街で、野生のウサギが群集しているという話も、動物園やペットショップからウサギが逃《に》げ出《だ》したというニュースも聞いたことがない。

それなのに、ウサギの絵が描《えが》かれた**『動物が飛び出すおそれあり』**の標識があったことも、野良《のら》ウサギがいたことも不自然すぎる。

その上、まさか、追いかけたウサギが目の前で自分たちより大きな着ぐるみになるなんて、いったい誰《だれ》が想像できただろうか。

あり得ない出来事に、五人は目を丸くしたまま固まった。

着ぐるみは真《ま》っ赤《か》な目をしている。その目には光が一切《いっさい》宿っていないだけでなく、口から覗《のぞ》く歯はすべて尖《とが》っていた。あまりにも不気味な容姿にゾッとし、萌香《もえか》はみどりにしがみつく。みどりもまた、恐怖《きょうふ》を感じたのだろう。萌香を抱きしめ、ぶるぶると震《ふる》え出《だ》す。

そんな中、勲《いさむ》が警戒心《けいかいしん》を露《あら》わにしながら「お、お前は誰だ？」と問いかけた。

待っていましたとばかりに、着ぐるみが大きな声で自己紹介《しょうかい》を始める。

「アッシはシグナール。この世界の〝ルール〟の監視役《かんしやく》をしているんですヨォォォ。キミたち、あの標識はちゃんと確認《かくにん》しましたカァ？」

シグナールが指をさしたのは、萌香たちが不審《ふしん》に思った黄色の標識だ。よく見れば、その後ろに別の標識が立っていた。

「なんの標識だろう？」

五人全員で確認しに戻《もど》る。背景が赤い円の中央に白の太い一本線が描かれている。

「これなんだっけ？」

「たしか、**進入禁止**だったと思う」

萌香たちのやり取りを聞き、シグナールが「そのとぉりィィィィ！」と駆《か》け寄《よ》ってきた。それから五人の周囲をぐるぐる走り回り、登《のぼる》の真後ろで急に立ち止まる。

「ルールを破ったコには罰《ばつ》を与《あた》えませんとネエェェ」

シグナールが楽しげな声をあげた。登の背後でシグナールが指をパチンッと鳴らす。すると、登が一瞬《いっしゅん》で消えた。

非現実的すぎて、驚《おどろ》きや恐怖心よりも困惑《こんわく》が勝る。その場に残された四人は、キョロキョロと首を動かした。

道路に穴があるわけでも、周囲に特殊《とくしゅ》な仕掛《しか》けがあるわけでもない。戸惑《とまど》う萌香たちの耳に、「プープー」という機嫌《きげん》のいい鳴き声が届いた。そこで元凶《げんきょう》の存在を思い出す。四人のうち、誰よりも早く動いたのが勲だ。怒《いか》りを露わにし、シグナールを睨《にら》みつけた。

「なんで登を消したんだっ！」

食ってかかる勲に、シグナールがおちょくるような仕草で「標識を破ったカラじゃないですかァ」と答えた。

「はあ？　車に対しての標識なんだ。歩行者には関係ないだろ！」

強い口調《くちょう》でシグナールを責める勲に、萌香たちも頷《うなず》いた。

四人の態度を見て、シグナールが目を細める。それから、不機嫌そうに「キュッキュッキュッ」と鳴いた。

「だからキミたちは助かってイルんじゃナイですかァ」

呆《あき》れたような顔をして、シグナールが続ける。

「自転車は軽車両で車の『なかま』なんデス。つまり、車と同じ乗車ルールなんですョォ。消された男の子は自転車に乗ったマンマでしたよネエエエ」

自転車を手で押《お》していた圭吾《けいご》は歩行者扱《あつか》いになるが、サドルに腰《こし》かけていた登は歩行者扱いにならない、というのだ。

「アッシは、ルールを破ったコにペナルティを与えたダケなんですヨ」

シグナールがプククと鼻を鳴らす。その得意満面な表情に震えながらも、萌香は必死で反論した。

「ひ、人にぶつかったわけでもないし、誰かに危害を加えたわけでもないでしょ？　ルール違反《いはん》をしたからって……この世から消すほど悪いことはしてないっ！」

頬《ほお》を膨《ふく》らませる萌香を見て、シグナールがタンッタンッと不機嫌そうに足を鳴らす。

「ふぅぅぅむ。そうですネエエ……」

恐怖と怒りで震える四人を見ながら、しばらく考える様子だったシグナールは、何かを思いついたようににやりと笑った。

「ワッカリマシタァァァ！　キミたちの友情にアッシは感動しましたヨ。これも連帯責任ってヤツですね

ェ」

そこでシグナールがパンッと手を叩《たた》いた。乾《かわ》いた音が響《ひび》く。その様子に、萌香たちはシグナールを訝《いぶか》しく思い、眉《まゆ》を寄せた。

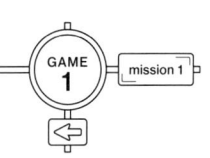

「ではではァァァ。アッシとゲームをしまショウ！　キミたちが勝てば、さっきアッシがケしちゃったコも返してあげますヨォ」

シグナールの提案に対し、意見が分かれる。

「ゲーム？　勝てば本当に登を返してくれるのか？」

「いったい何をすればいいんだ？」

ゲームに興味を示す男子二人に対し、女子二人は「怪《あや》しい」「絶対に危ないって。やめよう」と言って、シグナールを疑う。

「でも、ゲームに勝てば登を返してもらえるんだぞ」

「負けたら私たちも消されるかもしれないんだよ？　危険だわ」

「ゲームの内容を聞いてもいないうちから負けることばっか考えてもしょうがねぇだろ」

四人の言い争いが白熱していく。すると、再び、パンッと乾いた音が響いた。弾《はじ》かれるようにして、四人は同時に音のしたほうへと顔を向ける。

「ハイハイハイッ、口論はソコまで。キミたち、勘違《かんちが》いしないでくださいネ。キミたちにはゲームをしないっていう選択肢《せんたくし》はないんですヨォォォ」

手を叩いて四人の興味をひいたシグナールが、淡々《たんたん》とした声を出す。

「ゲームは簡単。標識や表示、規則に従うだけデス。ちゃぁぁんとルールさえ守れば、この世界から出られマス。ですが標識や表示をきちんと理解していなかったり、ルールを破ったら……」

シグナールが手で首を切るようなジェスチャーをする。それから、舌を口の奥《おく》で弾いて「コッ」と鳴らした。

「先ほどの男の子のようにナッチャいますカラ……ガンバッテくださいネェ」

不吉な言動に四人は顔を引《ひ》き攣《つ》らせた。怖《こわ》がる四人の顔を見て、シグナールが「仕方がありませんネェ」と肩《かた》を竦《すく》める。

「そぉんなにゲームに自信がナイようでしたら、特別ルールを追加してあげましょウ！」

「え？」

「キミたち四人全員ではなく、四人のうち、誰か一人でもココから出ることができれば、キミたちの勝ちにしましょウ。もちろん、先ほどの男の子も、ゲーム途中《とちゅう》でペナルティを受けた人も、全員無事に家に帰してあげますヨォ」

萌香たちの勝率が格段にあがる提案だ。それがかえって怪しい。

「ルールさえ守れば、本当にペナルティはないんだよね？」

用心深い萌香が念押しする。

シグナールは「もちろん」と頷き、体をひねりながら一回転した。

「それではゲームスタート！」

華麗《かれい》に着地したシグナールは、号令とともに消《き》え失《う》せた。

mission－2 十形道路交差点あり

シグナールが消えたと同時に、萌香たちの目の前に新たな標識が現れる。背景が黒い横長の長方形に白色の矢印が描かれていた。

「これって、**一方通行**だよね？」

「歩行者には関係ないから、二手に分かれて出口を探したほうが効率的なんじゃないか？」

圭吾が少し先にある曲がり角を指さす。

「でも、黒色の背景を使った標識ってあったっけ？」

みどりや圭吾の意見に、萌香が疑問を投げかける。それに勲が答える。

「美術館や博物館で、順路や進行方向を示すのに使われてる表示っぽくないか？」

四人は顔を見合わせ頷く。そして、全員一緒《いっしょ》に矢印のほうへと進んだ。

矢印が示す先には大通りが見える。四人は右端《みぎはし》を一列に並んで進む。

「なあ、大通りに出たらどうする？」

自転車を押しながら最後尾《さいこうび》を歩く圭吾の問いかけに、先頭にいる勲が答える。

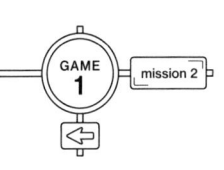

「勝率を上げるには、一人ずつ分かれて出口を探すほうがいいだろうな」

「うーん。でも、一人だと表示や標識を見逃《みのが》すかもしれねえじゃん？」

「そんなこと言って、等々力《とどろき》くんは少しでも長くみどりと一緒にいたいだけでしょ」

「そ、そんなんじゃねえよ。みどりはちょっと抜《ぬ》けてるところがあるから……」

「はいはい。みどりのことが心配ってことね」

「まさかこの状況《じょうきょう》で惚気《のろけ》られるとは思わなかったよ」

萌香が圭吾をからかうと、勲もそれにのっかる。二人がかりで冷やかされた圭吾が突然《とつぜん》叫《さけ》ぶ。

「あーもうっ！　登は消されたんだぞ！　大事な彼女《かのじょ》を心配して何が悪いんだ」

「ちょ、ちょっと！　圭吾、恥《は》ずかしいでしょ」

開き直った圭吾の一言に、みどりが慌《あわ》てたような声を出す。萌香は自分の後ろを歩くみどりへと振《ふ》り返《かえ》る。みどりの顔は真っ赤だが、その口元はニヤけていた。

「うわー……バカップルすぎる」

危機感の足りない二人を見て、ぼそりと萌香が呟《つぶや》いたところで、勲がうんざりしたような声を出した。

「さっそく第一関門だぞ」

大通りの手前には標識のようなものがあった。

白い下地に赤の縁取《ふちど》りがされ、円の中には赤い十字が描かれている。

「え、なんだろう？　病院？　じゃなかったら……」

「いや、ここは十字路だから注意しろっていう意味なんじゃない？」

ひょっこり顔を覗かせたみどりの言葉を遮《さえぎ》り、圭吾が進行方向を指さす。大通りは十字路になっていた。

単純すぎる推測を披露《ひろう》する圭吾に、勲が溜息《ためいき》を吐《つ》く。

「あのなあ。十字路があるっていう標識は、黄色の背景に黒で十字が描かれているんだ。しかも、たしか丸じゃなく、ひし形だったような……」

「あ、それは私も見たことがある。じゃあ、みどりの言う通り、病院ってことかな？」

萌香は周囲を見渡《みわた》す。けれど、それらしきものはない。

「もしかしたら、アイツが勝手に作った標識だったりして」

「確かに。あの着ぐるみ、イカサマが得意そうな顔してたもん」

シグナールの悪口で盛り上がるみどりと圭吾をよそに、萌香と勲は真剣《しんけん》に話す。

「赤って、警戒や警告に使われることが多いよね？」

「そうだな」

「ってことは、この先の十字路で何かが起きるってことじゃない？」

「けど、矢印や注意事項《じこう》も書かれていないし。十字路っていう以外、何もわかんねーよ

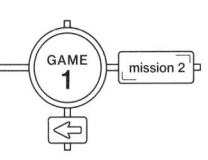

な」

二人の会話に圭吾が加わる。

「十字路って交差点だろ？　よく、交差点では右左右を確認しろって言われたじゃん。つまり、きちんと安全確認しろってことじゃねえの？」

「そんな単純でいいのかなぁ」

警戒心の強い萌香が首を傾《かし》げながら、標識にさらに近づくと、何かを見つけたように立ち止まった。

「どうした？」

勲が、萌香の顔を覗《のぞ》き込《こ》む。

「この標識、壊《こわ》れてる」

萌香の言う通り、標識板の背面にある標識とポールとを固定している取付け金具が緩《ゆる》んでいた。そのため、標識板が九十度回転した状態になっている。

しかも、標識板自体が歪《ゆが》んでいた。一番背の高い勲が背伸《せの》びをして、標識板を正常な位置に戻す。標識板に描かれていた十字が、歪みも加わってバッテンに変わる。

「うわ、なんだこれ」

標識板から手を外した勲が驚きの声をあげる。その手を見れば、白く汚《よご》れていた。

「ペンキ？」

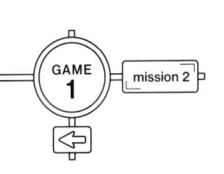

「そうみたいだ」

萌香はすぐに標識を確認する。勲の触《ふ》れていた場所からわずかに文字のようなものが見えていた。

それに気づいた萌香に頼《たの》まれた勲が掠《かす》れている場所を擦《こす》る。すると、重ねて塗《ぬ》られたペンキの下から、**『通行止』**の青い文字が現れた。

「これって、車両に対して？　それとも歩行者にも関係する標識なの？」

それだけではない。『通行止』の標識は十字路の手前にある。直進方向に対してだけなのか、それとも左右に伸びる道も含《ふく》めてなのか、判断しにくい。

隣《となり》にいた勲が、疑問を打ち消すように萌香の肩を叩いた。

「悩《なや》んだ時には、最悪な場合を想定して選択すべきだろ」

萌香と勲のやり取りを後ろで見ていたみどりたちが頷く。

「そうだよ。自転車にまたがっていただけでも登は消されたんだ。全員にとって安全だと思える行動をとるべきだよ」

「そうそう。普通《ふつう》に考えれば、直進だけが通行止めだし、車への標識だと思うよ？　でも、不安なら右折、左折も通行止めだとして、これから進むべき道を考えようぜ」

「でも……それじゃ、ここで行き止まりってことじゃない？」

ここまで矢印の指示に従って萌香たちは進んできた。直進だけでなく、左右に伸びる道にも進めないとなれば、ここからどこにも行けない。

　何か打開策はないかと思い、萌香は十字路の手前から顔だけを覗かせ、左右を確認する。別段、変わったものもなければ、通行止めの理由になるものもない。いっそ、左右二手に分かれて進んでみようかと提案しようとして振り返った萌香はギョッとした。さっきまで十字路をさしていた標識の矢印が、いつのまにか逆方向に変わっていたのだ。

「え？　なに？　これってどういうこと？」

　混乱する萌香の声に反応し、勲も振り返る。

「いま来た道を戻れってことか？」

　素《す》っ頓狂《とんきょう》な声を出す勲に、圭吾が動揺《どうよう》したような声で反論する。

「いや、こんなに都合よく矢印が示す方向が変わるなんて、あり得ないだろ。どう考えても罠《わな》としか思えねえ」

「圭吾の言う通りだよ。この通行止めの標識みたいに、シグナールがイタズラをして、矢印の方向を変えたのかも……だとしたら、この道を戻ったら、シグナールの思うツボじゃない」

　方向を変えた矢印に対し、みんなそれぞれ意見をぶつけ合う。短時間で異常な出来事が続き、ストレスが溜《た》まっていた四人は、ついつい声が大きくなる。

　住宅街に四人の声だけがやけに響く。そのことに気がつき、萌香はみんなをいったん落ち着かせることにした。

「ちょっと冷静になって考えようよ。あんまり大きな声で騒《さわ》ぐと、ここに住んでいる人たちの迷惑《めいわく》になっちゃうし……」

萌香の一言で、勲が何かに気がついたように「あ……」と声を漏《も》らした。

口元に手をあて、顔を青くする勲に萌香が尋《たず》ねる。

「どうしたの？」

「あの性悪《しょうわる》ウサギ。この世界は自分が作ったって言ってたじゃないか」

勲が硬《かた》い声で返事をした。萌香はハッとすると同時に、周囲を見渡す。異様な静けさにぶるっと身震いをした。

『通行止』も逆向きになった矢印も、もともとあった標識を使ってシグナールが罠を仕掛けたんだと思っていたけど……アイツの力はそんなちっぽけなもんじゃなかったのね」

「ああ。俺《おれ》たちはウサギを追いかけて路地に入り込んだ。あの時からすでにシグナールの作り出した世界に閉じ込められているんだと思う」

頷き合う萌香と勲に、圭吾が口を挟《はさ》む。

「おいおい。じゃあ、あのインチキウサギは、俺たちをハナから家に帰すつもりはなかったってことか？」

焦《あせ》ったような声を出す圭吾を、勲が落ち着かせる。

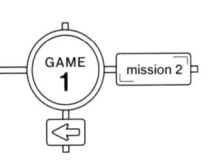

「いいや。アイツは自らをルールの監視役だって言っていただろ？　監視役ってことは、その上にも誰かがいるってことだ」

「つまり？」

「ルールを破ったら、監視役のアイツもペナルティを受けるってこと。俺たちとの約束を破ったら、それこそルール違反になる。約束は守るはずだ」

「そうはいっても、標識を出したり消したり、いくらでもできるんだろ。アイツの勝手なルールの中で踊《おど》らされるだけじゃないか」

　悔《くや》しそうに口元を歪める圭吾に、勲が首を横に振る。

「確かにこの世界では、俺たちの常識は通用しない。だからこそ、ここから出る唯一《ゆいいつ》の方法は、アイツが仕掛けたルールを守ることだけだ。つまり、俺たちは目の前に出てきた標

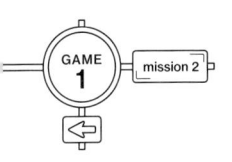

識や表示を正しく読み取って進めばいいってことだよ」

ゲームの必勝法については、推測の域を超《こ》えていないことぐらい全員がわかっていた。それでも、勲がはっきりと断言することで、みんなの心が一つになる。

四人は再び勲を先頭として一列に並ぶ。歩いてきた道を戻ろうと、踵《きびす》を返した時、何もない空中からいきなりシグナールが宙返りをして現れた。

咄嗟《とっさ》に警戒する四人の顔を一人一人確認し、シグナールは残念そうな声を出す。

「ナンダァ……みぃんな引っかからなかったんですネエ」

後ろ足を地面に叩きつけ、タンッタンッと苛立《いらだ》ったように音をたてるシグナールを見て、萌香たちはホッと胸を撫《な》でおろした。

mission－3
学校、幼稚園、保育所等あり

悔しそうなシグナールの態度から、勲の推測が正しいと確信できた。萌香たちは、矢印に従い、もと来た道を戻ることにする。

「ブッブッブッ」と怒《おこ》ったように鼻を鳴らすシグナールの前を通り過ぎたところで、圭吾が足を止めた。

「ちょっと待てよ。やっぱり、怪しい」

「どういうこと？」

「シグナールは標識どころか、道も作れるわけだろ？　ということは、全員がルールを破るまで、俺らをこの世界に閉じ込めておけるってことじゃないか。やっぱり、このインチキウサギ。俺たちを帰すつもりなんかさらさらないだろっ」

そこで圭吾が勢いよくシグナールへと振り返る。圭吾の鋭《するど》い指摘《してき》にハッとして、萌香たちも振り返った。

「言われてみればそうだな」

「戻ったところで、まったく別の道に誘導《ゆうどう》されている可能性もあるってこと？」

「じゃあ、私たちは一生、シグナールの作り出した世界から出られないじゃない」

シグナールへの不信感が増す。ルールさえ守れば家に帰れると言って、みんなの心を一つにまとめた勲ですら、眉間《みけん》に皺《しわ》を寄せた。

怒りが恐怖に勝る。

萌香たちはシグナールを睨みつけた。

「キーーーッ！」

萌香たちの気をそらそうとしたのか、シグナールが甲高《かんだか》い声を出した。圭吾が気づいたことは、シグナールにとって都合が悪かったのだろう。さらに、宙返りを披露してごまかそうとするウサギを、四人は冷めた目で見つめた。着ぐるみのくせに、バツの悪そうな顔をするシグナールを、四人全員が腕組《うでぐ》みをして取り囲む。

「あんた、私たちをだましたの？」

自他ともに気が強いと認める萌香がシグナールに問いかけた。他の三人もシグナールを絶対に逃がさないという気合に満ちている。観念したようにシグナールが口を開く。

「だましたただナンテエ、ソンナ人聞き悪いこと言わないでくれますカァ？」

引き攣ったような声を出すシグナールが、不安げに視線を彷徨《さまよ》わせた。四人以外の『何か』を警戒しているようだ。

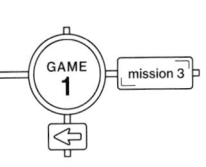

その様子から、勲の言っていた通り、監視役であるシグナールには、上司のようなものが存在していることが見て取れた。

ゲームマスターとして、ある程度はゲームを支配することは許されているが、『絶対にクリアできない』ものは、そもそもゲームとはいえない。つまり、萌香たちに「ゲームに勝てたら……」と言っているにもかかわらず、そもそも「勝てる要素」が一つもない時点でシグナールは萌香たちに嘘《うそ》の約束をしたことになる。

「勝てないゲームなんて、ゲームとは言えない。それってこの世界でも〝ルール〟違反だよね？　そんな簡単にだまされると思った？」

勝負を決めるというゲームの定義を無視した行為《こうい》はいずれバレる。そうなれば、シグナールにはペナルティが課せられるはずだ。

萌香たちがそう言って詰《つ》め寄《よ》れば、シグナールはがっくりと肩を落とした。

「あー……ホントウに、キミたちニンゲンはヘンに察しがよすぎますネェ」

ブツブツ文句を言いながらも、ペナルティが怖いのだろう。ゲームの内容に修正を入れる。

「ワカリましたァ。でしたら、コレからアッシが出す七つの標識や表示、記号といったものを正確に理解し、守ってくれればキミたちの勝ちにしましょう」

「四人で七つ？　せめて一人一つにしてよ」

「こちらは一人、そちらは四人ですよ？　四人で知恵《ちえ》を出し合い、話し合うことができるんですから、少しくらいハンディがあったっていいでショウ？」

シグナールは有無を言わさず、自ら決めたルールだけを言い残してその場でポンッと音をたてて消えた。

不満は残るが、このゲームに勝って家に帰るには、とにかくルールに従って進むしかない。

萌香たちは勲を先頭にしてもと来た道を戻る。まっすぐ進むとT字路にぶつかった。

勲と萌香が顔を覗かせ左右を見渡す。すると、右方向に大きな通りが見えた。だが、残念ながら『工事中につき通り抜けできません』の文字と、おじぎをする作業着姿のウサギが描かれた看板が四人の行く手を阻《はば》む。

「工事中って書いてあるけど、工事現場は見当たらないな」

「単なる看板だし、アイツの嫌《いや》がらせかイタズラでしょ。このまま右に進んでもいいんじゃない？」

右に続く道を見ながら、圭吾とみどりは看板を無視しようとした。

「ちょっと待ちなよ」

二人を呼び止めたのは勲だ。

「ゲームのルールは、標識や表示、規則に従うだけだと言っておきながら、〝ちゃんとル

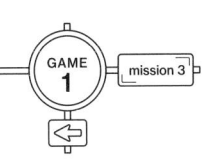

ールを守れ〟とシグナールは付け加えていた。つまり、これから標識や表示、記号は七つしか出さないかもしれないけど、それ以外のルール違反にも罰が与えられるってことだろ」

勲の説明を聞き、二人は自分たちの軽はずみな行動を反省した。

全員納得《なっとく》のうえで左折すると、ランドセルを背負った男の子の後ろに小さな女の子が歩いている絵が描かれた標識があった。

「これってなんだっけ？」

「ひし形に黄色の背景か……」

「横断歩道じゃなかった？」

「いや、それは三角みたいな形で青色の背景だったと思う」

四人でああでもない、こうでもないと、うんうん唸《うな》る。

「あ、これって、**学校や幼稚園《ようちえん》がある**っていう標識じゃなかったっけ？」

ひらめいたように声を出したのは圭吾だ。彼《かれ》には年の離《はな》れた妹たちがいる。時々、母親の代わりに、圭吾が幼稚園や小学校まで迎《むか》えに行くのだが、その時、この標識を見たような気がするという。

「言われてみれば、男の子はランドセルだし、女の子も園児っぽいね」

萌香が標識を見た感想を素直に告げると、みどりもまた、「そういえば、近所の保育園の近くにもこの標識があった気がする」と頷いた。

「この辺には児童や園児が多い。子どもたちが飛び出す恐《おそ》れがあるから、徐行《じょこう》して注意してくださいっていうドライバーに対しての標識だったと思う。だから、俺らはこのまま進んで問題ないんじゃねえの？」

圭吾は「ほら。俺も歩行者扱いだし？」と言って、押している自転車を指さし笑う。

慎重《しんちょう》なタイプの勲も「そうだな。とりあえず、このままゆっくり進もう」と言って、歩き出す。

それから五分も経《た》たないうちに、交差点に差し掛かった。手前にある標識をみて、勲が立ち止まる。

停止線で停《と》まった勲の後ろから萌香は顔を出す。信号どころか横断歩道もない。

「安全確認をしてから渡れば問題ないんじゃない？」

萌香の問いに勲が答える。

「これはどう考える？」

勲の横には三角形の赤い標識がある。そこには『**止まれ**』の文字が書かれていた。

「車に一時停止を指示する標識でしょ？　色も形もおかしくないし、今度こそ歩行者には関係ないよ」

だいいち、横断歩道のない交差点であっても、歩行者優先である。それでも、交差点と

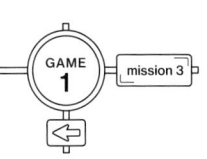

いう場所柄《がら》、萌香はいったん立ち止まり、安全確認をした。斜《なな》め横断は基本的に駄目《だめ》だと聞いている。だが、直進で渡れば問題はないはずだ。

萌香は自分自身の判断を信じることにした。ここまで慎重に考えても、なお標識の前から動かない勲を無視して交差点を渡る。渡り切った萌香の前にシグナールが現れることはなかった。

一分ほど待つが、何も起こらない。萌香はみんなに交差点を渡るよう手招きした。みどりも圭吾も停止線手前で立ち止まり、安全を確認した上で交差点を渡ろうとする。

「おい！　桂《かつら》が無事なのは罠で、全員が渡り切ったあとでペナルティがあったらどうするんだ？　もう少し様子を見て……」

強い口調で二人を止めようとする勲の言葉を遮り、圭吾が叫ぶ。

「この標識、間違ってる！　赤い背景に白い文字は同じだけどさ。本物の一時停止の標識は、三角形じゃなくて、逆三角形だったはずだ」

標識の形が違っていたことに気づかず渡った萌香が青ざめる。ところが、あることに気づいたみどりが続けて叫んだ。

「ねぇ、『止まれ』が逆さまになってるってことは、『進め』ってことじゃない？　交差点を渡り終えた萌香が無事なんだもん。きっと、それが正解だよ」

急いで安全を確認して、小走りで交差点を渡るみどりのあとを、自転車を押しながら圭吾が追いかける。渡り切ったあとも、萌香同様に何も起こらない。三人は早く交差点を渡れと叫ぶが、慎重派の勲はその場から動かない。

「いくら標識の形が反対でも、『止まれ』の文字は逆さまになっていないんだから、止まっているべきなんじゃないのか？」

自問自答を繰《く》り返《かえ》している勲に、萌香はしびれを切らす。

「さっさとこっちにこーい！」

叫ぶ萌香の横で、圭吾が「は、はやく！　はやく渡ってこい！」と慌て出す。

そのあまりにも切羽詰まった態度に、萌香もみどりも目を丸くする。

「なに？　どうしたの？」

萌香の問いに、圭吾が声を震わせる。

「さっきもこの標識あったよな？」

「うん。等々力くんが、学校や幼稚園とかがあるっていう標識だって言ってたじゃん」

「そうなんだけど……これ、よく見たらなんか違うんだよ」

怯《おび》えたような声を出す圭吾が手を伸ばし、男の子と女の子が描かれている間の部分を指さす。

「なんかさ……これって、逃げる男の子を、小さな女の子が追いかけて、捕《つか》まえているように見えないか？」

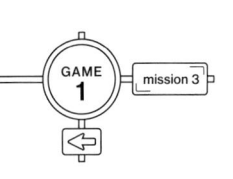

そこで甲高い笑い声が響き渡る。声のするほうへと振り返ると、何もないところからいきなり一回転してシグナールが現れた。

「そのトオリッ！　トマレの反対はススメ。なぁーんでもかんでも疑っちゃうイサムくんは、ススまなかったよネェ」

嬉《うれ》しそうに笑うシグナールが「ハイッ。ペナルティ！」とコールしながら圭吾が指摘した標識を指さす。

「黄色は警戒標識。それに、本物は女の子が前にいるはずですよォ？　もたもたしていると、オトモダチを求めている孤独《こどく》なショウジョに捕まるから、はやくススメって忠告してアゲましたのニィ……ススまないのなら、カノジョのオトモダチになってあげてくださいネエエ」

その瞬間、標識から真っ黒な女の子がニュ

ルリと飛び出す。

悲鳴をあげて逃げようとする勲に向かって、女の子は猛《もう》スピードで飛んでいく。そして、標識に描かれている通り、勲のズボンを摑《つか》んだ。

「や、やめてくれぇっ」

つんざくような悲鳴があがる。次の瞬間、女の子は「ズットイッショダヨ」と言って、勲を標識の中に引きずり込んだ。

標識の中に描かれた男の子の顔が勲の顔に変わる。

「ヒッ」

標識のそばに立っていた圭吾が小さな悲鳴をあげて飛びのいた。

「標識はキチンと見て、些細《ささい》なチガいがナニを意味するのかも読み取り、正確にハンダンしましょうネエ」

プクプクプクゥッとご機嫌な様子でシグナールが鼻を鳴らす。その様子を気の強い萌香だけが憎々《にくにく》しげに睨みつけた。

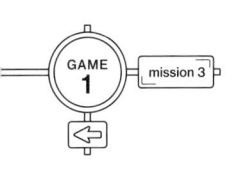

mission－4
上り急勾配あり

恐怖に引き攣った顔をする勲を摑み、スキップしているかのような少女の絵に変わった標識の前で、萌香たちは言葉を失い、立《た》ち尽《つ》くす。

リーダー的存在だった勲がペナルティを受けたことで、萌香はショックを隠《かく》せずにいた。

「大八木《おおやぎ》くんまで失うなんて……これからどうしよう」

不安を口にすると、ますます気持ちが重くなる。恐怖のあまり足の力が抜けたのか、みどりがその場で座《すわ》り込《こ》む。それを萌香が支えようと、しゃがんだところでパンッと乾いた音が響いた。二人は音のしたほうへと顔を向ける。

そこには、気合いを入れるかのように、両手でほっぺたを叩く圭吾の姿があった。

「よっし。気合い注入！　七つのうち、『ススメ』と『孤独な少女』の標識という関門は終わった。ってことは、あと五つで俺たちの勝ちだぞ！」

自分自身に喝《かつ》を入れた圭吾が、目を丸くする萌香たちに向かって熱弁をふるう。

「俺たちの誰か一人でもゲームに勝てば、勲も登も返してくれる。みんな家に帰れるんだ。

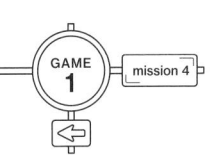

こんなところでいつまでも立ち止まってなんかいられないだろ」

萌香とみどりに向かって、圭吾が両手を差し出した。その手は小刻みに震えている。圭吾も恐怖心や不安を拭《ぬぐ》えずにいるのだ。

それでも気力を振《ふ》り絞《しぼ》り、萌香たちを奮起させようと頑張《がんば》る圭吾に、萌香もみどりも心を打たれる。二人は同時に圭吾の手を取り、立ち上がった。

「そうだよね。私たちの力で大八木くんや宮城《みやぎ》くんを助けないと！」

「三人寄れば文殊《もんじゅ》の知恵っていうし。シグナールをぎゃふんと言わせようよ」

笑顔が戻った三人は、力を合わせ、この世界から出ることを誓《ちか》う。

「それじゃあ行きますか」

気持ちを切《き》り替《か》えた萌香が歩き出す。そのあとを、みどり、圭吾の順番で続いた。

十分ほど歩いただろうか。新たな標識が数メートル先にみえた。周辺には十字路やT字路、五差路といった枝分かれした道はない。

何が仕掛けられているのかわからないだけに、萌香たちは身構え、自然と歩みも遅《おそ》くなる。じりじりと警戒しながら標識に近づく。

それは、正方形で黄色の背景に、黒い三角形が描かれていた。その三角形の中には斜面《しゃめん》と平行して斜め上を示す矢印と、三角形の上に『20％』という文字がある。

「ここから**坂道**ってこと？」

「上り坂だな」

「二十パーセントって傾度《けいど》を示しているってことだよね？」

前も後ろも平坦《へいたん》な道が続いている。どこをどう見ても坂道なんかない。

だが、標識に対する見解は三人とも「坂道」で一致《いっち》した。

すると、いきなり目の前に急な坂道が現れる。しかも、かなり長い。

「坂道の標識で正解だったみたいだな」

「でも、ここからが本番なんじゃない？」

萌香は坂道を見上げ、グッと拳《こぶし》に力を入れた。

「ちょっと待って。これってなんだろう？」

標識のすぐそばの壁《かべ》に貼《は》られた看板のようなものを、みどりが指さす。そこには、黄色を黒く縁取った三角形の中に、滑《すべ》って転んでいるようなピクトグラムが描かれている。その下に**『滑面注意』**《かつめん》と赤い文字が書かれていた。

「さすがにこれはイタズラやだましじゃないよな？」

「屋内でも水に濡《ぬ》れた場所や、滑りやすいところで見たことのある表示だよ」

「じゃあ、これもシグナールが作り出した関門ってわけね」

今回は、標識や表示自体に罠が仕掛けられているわけではなく、長くて滑りやすい坂道をのぼりきらなくてはいけないという身体的に負担のある関門のようだ。

萌香が一歩足を踏《ふ》み出《だ》せば、ツルンと滑る。想像していた以上に滑りやすい。まるで氷の上のようだ。今度は滑らないよう足腰を踏ん張り、一歩、二歩、三歩とのぼる。このまま頂上までいけるかと思ったが、途中でツルツルッと下まで滑り落ちた。

眉を下げ、「のぼれない」と情けない声を出す萌香をみどりと圭吾が笑う。

「こんなところでコントみたいなことしないでよ」

「そうそう。雪国じゃないんだから、そんなに滑る坂道なんかあるわけないだろ」

二人も坂道にチャレンジするが、結果は何度やっても同じだった。

「うーん……もしかして、標識か表示に、この坂道を進めるヒントがあるとか？」

萌香が首を傾げると、みどりが何かを思い出したのか、「そういえば……」と続ける。

「この変な坂道。私たちが標識を坂道と判断して、滑面注意の表示を見つけたあとで、いきなり現れたよね？」

「そういえば……それまでは平坦な道しかなかったわ」

目の前の坂道をどう攻略《こうりゃく》するか必死になっていた三人の意識が、標識へと移る。

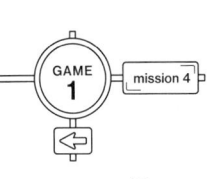

「はじめのほうに出てきた『通行止』の標識。あれって壊れていたよな」

「そうだよ！　壊れた部分を元に戻したら、正しい標識になって……ってことは、今回も標識や表示そのものに何か細工がされているのかも」

三人はさっそく標識と表示を確認する。滑面注意のピクトグラムの表示には、書き足しや汚れ、修正など、特に何もなかった。次に標識を確認する。案の定、標識板の真後ろにあたる部分で、ポールが四十五度曲がっていた。ということは、標識自体も四十五度ずれているということだ。

　圭吾がなんとかポールを正しい位置に戻せないか試みる。けれど、鋼鉄でできたポールは、そう簡単には曲げることはできない。

「これが正しい位置になれば、描かれている図形の斜面は、正面から見ると平らになるはずなんだけどな……」

　顔を真っ赤にして奮闘《ふんとう》する圭吾に、萌香とみどりも協力するがびくともしない。

　何度も挑戦《ちょうせん》していると、キリキリキリ――と、耳障《みみざわ》りな音が響いた。あまりの不快さに、三人は顔を顰《しか》め、耳を押さえる。すると、坂道の上からシグナールが滑り降りてきた。

　ムッとした表情で、口の中からキリキリキリキリと音をたてているということは、歯ぎしりするほど不機嫌だという証拠《しょうこ》だ。

「曲がったポールをキミたちに直させようとは思っていませンよ。正しく標識を理解して、どう対策し、進むかを決めた時点で、アッシが出した関門を突破したとみなしマスゥ」

　ふてくされたような態度で、シグナールがパチンッと指を鳴らす。途《と》端《たん》、ポールがまっすぐになり、坂道も元の平坦な道に戻った。ぽかんとする三人にシグナールがタンッタンッタンッと後ろ足を鳴らす。

「ナァニ、ボケッとしているんですカァ。ほら、もう。サッサと進んでくだサイ。あと少しで勝負が決まるンですカラ――ココからは、油断大敵デスヨォ」

ねっとりとした口調はどこか不気味だ。

「ソレではのちホド……」

熟練の執事《しつじ》のように綺麗《きれい》なお辞儀《じぎ》を見せて、シグナールはスーッと消えた。いままでのおちゃらけた雰囲気《ふんいき》とは、まったく正反対の態度がかえって薄気味悪《うすきみわる》い。

萌香たちは気を引《ひ》き締《し》め、平坦になった道を歩く。坂道ではなくとも滑面注意であることは変わらない。滑りやすいので慎重に足を進めていると、みどりが声をあげた。

「ねえ、あれ見てよ！」

反射的に萌香と圭吾が顔を上げる。そして、みどりが指さすほうへと視線を向けた。

少し先に大きな建物が見える。その上に、『ゴール』の看板があった。

「あそこが出口なんじゃない？」

「ゴールっていう文字を信じるんなら、そうだろうけど……」

「きっとそうだよ！」

嬉々《きき》とした声をあげるみどりに、「ぬか喜びはまだ早い」と注意する圭吾も、内心では期待しているのだろう。ホッとした表情をみせた。

ゴールの存在に希望が見えた萌香たちは、交差点に差し掛かる。目の前には信号と横断

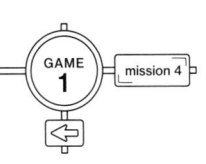

歩道があった。

「信号があるってことは、青になれば渡っていいんだよね？」

早くこの世界から出たいのだろう。みどりがソワソワし出す。それを萌香がなだめる。

「いや……ここは確実に進むためにも、左右の確認をしてからにしよう」

「それもそうね」

信号が青になる。右左右と安全を確認した上で、三人は横断歩道を横並びで渡り始めた。

浮《う》かれているのか、みどりが駆け足になる。そこで、あの憎たらしい声が響いた。

「ぶっぶぶブゥゥゥ！」

ボフンと音をたてて白い煙が上がる。そこからポンッと弾けるように両手足を広げてシグナールが飛び出した。圭吾が間髪《かんはつ》いれずに噛《か》みつく。

「なんだよ！　ちゃんと安全確認をしただろ？　それに、俺は自転車を押している。歩行者扱いなんだから、横断歩道を使っていてもルール違反にならないはずだっ！」

勢いよく捲《まく》し立《た》てる圭吾に、シグナールが「チッチッチッ」と人差し指を横に振る。

「『ゴール』の文字で気が緩んじゃったんですネェ――みどりサン」

名指しで指摘されたみどりが怪訝《けげん》な顔をする。

「私だって安全確認したもん。横断歩道で走っちゃいけないっていうルールでもあるの？」

強気の圭吾につられたのか、みどりもまたシグナールに文句をつける。

シグナールが呆れたように肩を竦めた。

「ソンナんじゃアリませんヨォ……ホラ。足元をちゃーんと見てくだサイ」

駆け足になり、萌香を抜いたみどりの両足は、わずかに横断歩道の外側に出ていた。

「横断歩道の利用歩行者は、横断歩道がある場所の付近では、その横断歩道によって横断しなくてはイケないんですヨォォ」

プップップッと小ばかにしたようにシグナールが鼻を鳴らすと、みどりの足元にぽっかりと穴が空く。

あまりにも突然のことで、圭吾や萌香は反応することができない。そして、みどりは悲鳴をあげる間もなく穴の下へと落ちていった。

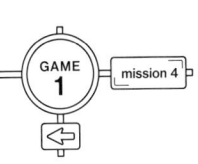

mission－5

普通自転車専用通行帯

道路にできた穴は、みどりを吸い込むと瞬《またた》く間に消えた。

「ダカラ、油断は禁物ダッテ、忠告してあげましたのにィ」

言葉だけを切り取れば、シグナールがみどりに同情しているようだが、実際には違う。ピョンピョン飛《と》び跳《は》ね、嬉しそうに鼻を鳴らしている。

そのふざけた態度に、大切な彼女を失い呆然《ぼうぜん》としていた圭吾が覚醒《かくせい》し、吠《ほ》えた。

「つざけんな！　人の命をなんだと思っているんだっ！」

圭吾がシグナールに飛び掛かるが、軽くピョンッとかわされる。

「イヤイヤ。ルールを破ってしまったんデスから仕方がナイじゃないですカァ。それに、キミたちがゲームに勝てばミィンナ助かるんですヨ？」

シグナールがピョンピョンピョンッと軽《かろ》やかに横断歩道を渡り切った。

「この性悪ウサギ！　ちょっと待ちやがれっ！」

自転車を押しながら慌てて追いかける圭吾に、シグナールが溜息を吐く。

「まったく、八つ当たりはヨシてくださいヨォ」

もうすぐ圭吾の手がシグナールに届くといったところで、忽然《こつぜん》と姿を消した。

信号が点滅《てんめつ》し出す。横断歩道のど真ん中にいた萌香は急いで渡り、怒りのあまり打ち震えている圭吾の肩を叩いた。

「私だってつらいし、あのクソウサギのことはムカついてる。でも、いまはゲームを終わらせることが先決だよ」

「……ああ」

低く短い返事をした圭吾が、気持ちを鎮《しず》めるように深呼吸を繰り返す。

「わるい。ちょっと暴走した」

「ううん。等々力くんが怒らなかったら、私のほうが怒鳴《どな》ってたよ」

苦笑《くしょう》する萌香に、圭吾がここからは自分が先頭に立つという。萌香はおとなしく、その提案を受け入れ、圭吾のあとについていく。

シグナールから出される標識や表示の問題はあと二問だが、答える側である萌香たちも二人しか残っていない。勝敗は五分五分だ。

緊張感《きんちょうかん》から会話が途切れた。シグナールの世界には萌香たち以外は何も存在していない。互《たが》いの足音と呼吸音だけしかないはずなのに、萌香はカチッカチッという無機質な音がまじっていることに気がついた。

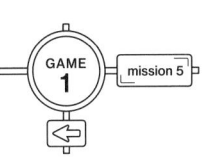

「ねえ。この音、何？　カチッカチッカチッて……」

はじめは微《かす》かな音だったが、次第に大きくなる。

「時計の音みたいだな」

時計台でもあるのかと周囲を見渡すが何もない。萌香はふと、ゴールと書かれた看板まで、どれくらいだろうと顔を上げる。

すると、看板の下に電光掲示板《けいじばん》のようなものが取り付けられているのが目に入った。

「タイマー？」

萌香が素っ頓狂な声を出せば、圭吾もその存在に気がついた。

「あのクソウサギ……最悪だ」

「え？　どういうこと？」

苦々しい顔で舌打ちする圭吾に、萌香は尋ねる。すると、圭吾が鼻に皺を寄せた。

「アイツ。俺たちを絶対に勝たせたくないんだろう。『制限時間』っていう新たなルールを作ったとしか思えないだろ」

ここはシグナールの作った世界だ。道も標識も自由に作り出せるのだから、あり得ない話ではない。

一秒一秒数字が減っていくのを見て、萌香はゾッとした。

「ちょ、ちょっと待って！　あのタイマー見てよ。もう残り時間、五分もないよ」

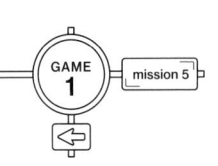

「そんなの、見りゃわかるって」

「なんでそんなに落ち着いているのよっ！　ここからあそこまで、走ったって間に合わないじゃないっ」

「そんなこと言ったって、どうしようもないだろっ」

ヒステリックにわめく萌香に、圭吾が大きな声を出した。焦っているのは萌香だけではない。時間に余裕《よゆう》がなくなれば、心にも余裕がなくなるものだ。

萌香はすぐに反省した。

「ごめん。こんなところで口論している場合じゃないよね」

「ああ……俺もカッとなって悪かった」

気まずそうに首の裏を掻《か》きながら、圭吾が目を彷徨《さまよ》わせる。すると、ハッとしたような顔をした。

「おい。ぐずぐずしている暇《ひま》はない。すぐにゴールめがけて走るぞ」

「は？　いきなりどうしたの？」

萌香は慌てたように自転車を押して走り出した圭吾のあとを追う。

数十メートルダッシュすると、なぜか道路の右側ではなく、左側に移動する。足元をみると、道路の左端はかなり色が褪《あ》せているとはいえ、うっすらと青色が残っていた。

「これは……」

「自転車専用レーンだ」

萌香は青色のレーン部分に掠れた文字で『自転車専用』と書かれているのを見つけて、納得する。

「自転車ならギリギリ間に合うかもしれないだろ。さっさと乗れよ」

圭吾は自転車にまたがると、荷台を叩き、萌香に乗るよう促《うなが》した。

「二人で絶対にゴールするぞ」

力強い言葉に惹《ひ》きつけられるようにして、萌香は急いで荷台に腰を下ろした。

「しっかり摑まってろよ！」

言われた通り、萌香は圭吾の腰にしがみつく。そのタイミングで圭吾はペダルを踏みこんだ。

普段からみどりを乗せていたのだろう。自転車はフラつくことなくスムーズに発進した。そして、すぐに加速する。

ふと時間が気になり、萌香はタイマーを見上げた。タイムオーバーまで四分を切っている。時間切れになったら誰も助からない。ゲームに負ける不安と恐怖から、萌香は圭吾の腹に回した腕に力を込めた。萌香の焦りが伝わったのだろう。圭吾の全身に力が入るのを感じた。

「もっとスピードをあげるぞ」

大きなかけ声とともに、圭吾がペダルを漕《こ》ぐスピードをあげる。ぐんぐんゴールが近づく。あまりの速さに怖くなりながらも、萌香は標識の罠がもうないか確認するために、前方を見る。

すると、少し先に交差点が見えた。その手前には**止まれ**と書かれている。

だが、圭吾は時間を気にするあまり周りが見えていないのか、まったくスピードを落とそうとしない。萌香は危ないと思い、勢いよく叫んだ。

「いったん停止っ！」

その声に圭吾が反射的にブレーキをかけた。耳をつんざくようなブレーキ音が響く。自転車は停止線ギリギリで止まった。

「あっぶね」

「急ぐのも大事だけど、きちんと前を見なよ」

ここからゴールまでは目と鼻の先だ。時間は一分以上ある。

左右を確認し、圭吾がラストスパートをかけた。

「そういえば、自転車専用レーンに、さっきの一時停止。これでシグナールから出された標識問題って、全部クリアしたんじゃない？」

萌香はふと思ったことを口にした。タイミングよく、ゴールであるマンションの前に到《とう》着《ちゃく》する。

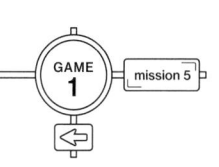

自転車を止めて、圭吾が振り返った。

「え……勲を連れ去ったヤツだろ？　あと、『止まれ』に『傾斜』、『滑面注意』……あとは、『横断歩道』に『自転車専用レーン』と『一時停止』……」

指を折りながら、標識や表示を数えていた圭吾が顔を上げた。

「本当だ！　さっきの一時停止をクリアした時点で、俺たちは勝ったんだ！」

圭吾が喜びの雄叫びをあげると、ボプンッと音をたててシグナールが現れた。

「ざぁんねんデシタァァァァ」

嘲《あざけ》るような甲高い声をあげたシグナールが、「まぁったクゥ……」とわざとらしく溜息を吐く。

「アッシは言いましたデショウ？　ルールを守れって。ルールは標識や記号だけじゃないんですよ？　ほら。自転車は原則、二人乗りはダメなんですから……ネ？」

血のように赤い目が一瞬キラリと光る。ニタリと笑うシグナールの指摘に、萌香も圭吾も愕然《がくぜん》とした。

次の瞬間、萌香たちの意識が暗転する。奇妙《きみよう》な路地裏にはシグナールの笑い声と、何十、何百といった、ゲームに負けた人たちの呻《うめ》き声《ごえ》が響き渡っていた。

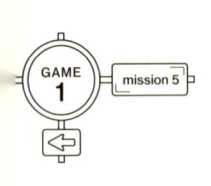

Kowai Hyo-shiki

Death Game

GAME 2

駅

〜乗り間違いには
ご注意くだサイ〜

CHARACTERS

別所郁也《べつしょいくや》

高校二年生。ラノベが大好きで、チート能力に憧《あこが》れる、ちょっと要領の悪い男の子

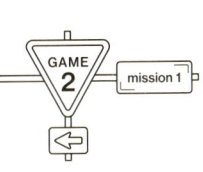

mission－1 きっぷうりば

期末テストの結果が返された。テスト週間は毎日深夜まで勉強したというのに、中間テストから十も順位を落としている。

「最悪だ……」

家に帰れば、すぐに母親から成績について訊《き》かれることはわかっている。別所郁也《べっしょいくや》は手に持つ個人成績表をくしゃりと握《にぎ》りしめ、重い足取りで駅へと向かう。

「あー……毎度のことだけど、『なんでアナタはこんなに頭が悪いの？』『うちの血筋はみんな頭がいいのに』『本当に私の子なの？』って言われるんだろうな」

溜息《ためいき》を吐《つ》いた郁也は、そこでふと顔を上げる。ちょうど、学校と駅の中間地点にある川に差しかかっていた。

橋の中央まで進み、川を覗《のぞ》き込《こ》む。いくつもの落ち葉が川を流れていく。まるで、母親から「アナタのようなデキの悪い子なんていらないわ」と言われ、傷ついた自分の心が流れているようだなと郁也は眺《なが》める。

「こんなもんで俺《おれ》の価値なんか決められたくねえっつーの」

なんとなくむしゃくしゃして、郁也は発作的に成績表をびりびりに破って捨てた。

郁也の『恥《はじ》』が、まるで紙吹雪《かみふぶき》のように舞《ま》う。流れていく落ち葉と、郁也の努力が重なる。

落ち葉と、自分以外にとっては紙屑《かみくず》でしかない千切れた破片に郁也はなんともいえない気持ちになった。

その時、ポンッという音によって、ネガティブな思考が遮《さえぎ》られた。目の前に白い煙《けむり》が立ち上がる。何が起きたのかわからずポカンとしていると、煙の中から真っ白なウサギの着ぐるみが現れた。

「ゴミのポイ捨てはダメだって、知っていますよネエェエ？」

不気味なウサギの登場にギョッとする。

「な、なんなんだよ、お前！」

予想外の出来事に、郁也は声を裏返した。すると、ウサギの着ぐるみが「プップッ」と笑う。

「アッシはシグナール。この世界の〝ルール〟を破った人に罰《ばつ》を与《あた》える、監視役《かんしやく》ですヨォオォ」

ハイテンションで語る着ぐるみを郁也は怪訝《けげん》な顔で見る。

「は？　いまのってマジック？」

シグナールが出てきた辺りを見回すが、何もない。それから郁也はまじまじとシグナールを見た。

着ぐるみであれば、目は作り物のはずだ。けれど、真《ま》っ赤《か》な目には、真っ黒な瞳孔《どうこう》がある。それが大きく広がった。

「ほ、本物っ？　ま、まさか異世界からの魔物《まもの》かっ？」

慌《あわ》てて飛《と》び退《の》いた郁也に、シグナールがプップップップッと楽しげに鼻を鳴らす。

「魔物ですカァ。想像力が豊カですネェ」

「そ、そりゃあ、ラノベでは定番だからな」

「ラノベ？　ああ！　ライトノベルですカ。異世界転生だの異世界転移だの、この世界のヒトはおスキですよネェ」

「ってゆーか、あんた。何者だよ！」

「ですからァ、さっきも言いましたでショウ？　ルール破りの監視役ですヨォォ」

シグナールはそう言うや否《いな》や、ボワンッと頭だけを風船のように膨《ふく》らませた。

「うわぁっ」

膨れあがったシグナールの顔は凶悪《きょうあく》だ。大きく裂《さ》けた口の中にはギザギザに尖《とが》った歯が並んでいる。

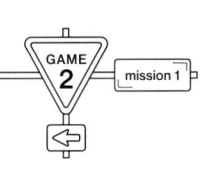

郁也はラノベが好きだ。異世界でチート能力を授《さず》かった勇者に憧《あこが》れてはいる。でも、リアルで化け物と対峙《たいじ》するのはお断りだ。

全速力でその場から逃《に》げ出《だ》す。すると、すかさずウサギの着ぐるみが追いかけてくる。

必死に足を動かし、郁也は駅へ向かって走る。

すぐにトンネルの中に電車が描《えが》かれたピクトグラムが見えた。**駅表示**だ。駅であれば人目が多い。郁也はホッとした。

「電車の中までは、さすがに追いかけてこないだろ」

駅のほうへと駆《か》け込《こ》み、そのまま改札まで走る。

振《ふ》り返《かえ》ると、ウサギの着ぐるみの姿は見えない。小さく息を吐《は》き、速度を落とす。

郁也はＩＣ定期券を取り出した。そこでハッとする。

「あー……そうだった。今朝、定期のお金を母さんからもらったんだった」

額に手をあて、郁也はボヤく。

今年度に入ってからＩＣ定期券を一度なくしたため、中途半端《ちゅうとはんぱ》な時期に継続《けいぞく》手続きをしなくてはならなくなった。そのため、定期の期限が明日までで切れることをすっかり忘れていたのだ。

昨夜、そのことを母親に伝えた郁也は、「なんでもっと早く気づかないの」と叱《しか》られながら定期代をもらったのだが、朝は時間がなくて継続手続きができなかった。明日は委員会の仕事がある。今日よりも時間がない。

郁也が通う高校は進学校だ。冬休み中も来年から本格的に始まる受験に向けての対策講習がある。定期がないと不便だ。今日のうちに買っておきたい。

「ラノベの世界だったら、転移魔法で定期もいらなかったのに……」

異世界と現実とのギャップに舌打ちしながら駅の窓口を探す。

構内を見回すと、駅員らしき人物が小さなノートのようなものを手にしているピクトグラムの表示板があった。

郁也は案内に従って歩き、窓口まで辿《たど》り着《つ》いた。

「すみません」

窓口の中にいる帽子《ぼうし》を目深《まぶか》に被《かぶ》った駅員に声をかける。

「はい。どうされました？」

「定期を継続購入したいんですが……」

「それでは、お持ちの定期券と学生証を出してもらえますか」

丁寧《ていねい》な言い方だが、やけにぶっきらぼうだ。ふてぶてしい態度の駅員に少しだけイラッとしながらも、郁也は言われた通りにする。

駅員がじっくりと学生証と定期券、そして、郁也の顔を見比べた。

「本当にコレでイイんですかァ？」

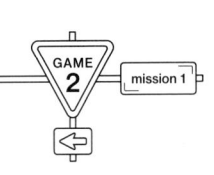

駅員が急にねっとりとした口調《くちょう》になる。その声に嫌《いや》な予感がした。

ゾワリと肌《はだ》が粟立《あわだ》つのを感じた郁也は、思わず後退する。いつのまにか、周りからは人がいなくなり、自分と駅員だけになっていた。それだけではない。物音一つしていないことに気づいた郁也はゾッとした。

「な、何か問題でもあるんですか？」

怖《こわ》がっているのがバレないよう、郁也は強い口調で言った。

すると、駅員が帽子をとった。途端《とたん》、真っ赤な目をした白いウサギの着ぐるみが現れる。先ほど郁也を追いかけてきたシグナールだ。

「ひっ！」

郁也は小さな悲鳴をあげた。

咄嗟《とっさ》に仰《の》け反《ぞ》ると、シグナールがニタニタ笑う。

「お客サマァ。お望みのモノは、コチラでお間違《まちが》いありまセンかァ？」

シグナールが持っている定期券は、いつも使っているものとは見た目も大きさも違う。細かい部分まで確認《かくにん》すると、郁也の家の最寄《もよ》り駅である『伊勢架《いせか》』ではなく、『伊勢海《いせかい》』と表示されていた。

郁也は即座《そくざ》に否定する。

「い、いや。違う……違います！」

両手を横に振りながら仰け反り、窓口の表示板を見上げる。

帽子を被った人が、小さなノートのようなものを持っているピクトグラムだった。

そこで郁也は、中学受験の勉強が本格的に始まる前の小学四年生の夏休みに、家族で海外旅行へ行った時のことを思い出す。

「たしか、この小さなノートはパスポートを意味しているって父さんが教えてくれたよな」

郁也はハッとする。

「なんでこんなところに**出入国の窓口**があるんだ？」

駅の精算窓口や切符《きっぷ》売り場であれば、切符販売機《はんばいき》のようなイラストと、切符を持った人のピクトグラムが描かれている。

郁也は目をまん丸にして、学生証と定期券

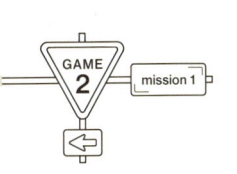

を取り返した。

「な、なんなんだよ！　この窓口。おかしいだろ！」

パニックに陥《おちい》り、郁也が大きな声でわめく。

着ぐるみにもかかわらず、シグナールは目を細めてクスクス笑う。

「プッククゥゥゥ。そのとおりィィ！　ココはいつもの駅の窓口じゃありまセン。キミは勘《かん》が鋭《するど》いですネェ」

窓口の中から、ポンッとシグナールが飛び出す。

「は？」

学生証と定期券を胸に抱《だ》きながらポカンとする郁也をシグナールが指さした。

「キミはルールを破ってポイ捨てしマシタ。電車に乗る時も、ちゃあーんと表示を確認し、ルールを守ってご乗車くださいネェ〜。じゃないと、トンデもない世界にイッチャいますからネェ」

シグナールはプップップップッと機《き》嫌《げん》よさそうに鼻を鳴らして、煙とともに消え去った。

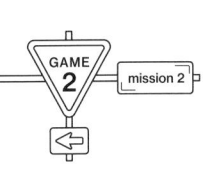

mission－2 黄色い線の内側までお下がりください

シグナールが消え去った途端、魔法が解けたように駅のざわめきが戻《もど》ってきた。いつのまにか出入国窓口のピクトグラムも消えている。それどころか、さっきまでシグナールがいた窓口すらなくなっていた。まるで狐《きつね》に化かされたかのようだ。

郁也はその場から慌てて離《はな》れると、本物の窓口を探した。

何度も表示を確認してから、定期券を更新《こうしん》してもらう。郁也はすぐに改札を通り、ホームにおりる。

個人成績表を破り捨てたばっかりに、とんでもないヤツに目をつけられ、いつもより駅に着くのが遅《おそ》くなってしまった。そのせいか、いつもは学校帰りの学生たちで溢《あふ》れかえっているホームだが、今日は電車待ちをしている人が少ない。

「着ぐるみのヤツ、ついてきていないよな？」

なんとなく背後が気になって振り返る。着ぐるみの姿が見えないことを確認し、郁也はホッと息を吐く。

「ルール、ルールって……ルールを破ってる人なんてたくさんいるっつーの」

ひとまず身の危険が去り、安心した郁也は、悪態をつきながら乗車位置に立つ。ふだんは、並んでいる人のあとについていただけなので気にしたことがなかったのだが、足元を見ると、足あとマークがあることに気がついた。

「これって、ちゃんと整列しなきゃいけないってことだよな」

どの乗車口も一人や二人しかいない。きちんと整列しなくても、電車が来たら問題なく乗れる状態だ。それでも、郁也はシグナールの言葉が引っかかる。

「整列場所が違っただけでも、アイツ、いちゃもんつけそうだよな……」

注意するにこしたことはない。郁也は足あとマークの上に立って電車を待つ。

すると、タンッタンッタンッと床《ゆか》に何かを叩《たた》きつける音が響《ひび》いた。

「え？」

音のするほうへと顔を向ける。すると、ふてくされたように頬《ほお》を膨らませたシグナールが後ろ足をタンッタンッタンッと鳴らしていた。

「は？　なんで？」

素《す》っ頓狂《とんきょう》な声を出せば、シグナールが思いっきり飛《と》び跳《は》ねる。そして、一気に郁也の目の前までやってきた。

「ぶっぶぶブゥゥ」

不機嫌だといわんばかりに、シグナールが鼻を鳴らす。

「イツモは気にしていないクセに、ナァんで今日に限って、ちゃぁんと整列位置に並ぶんデスカァァ」

ルールを守ったのに難癖《なんくせ》をつけられ、郁也はつい声を荒《あら》らげる。

「お前がルールを守れって言ったんだろっ！」

「そうなんですけどネエ。デモ、破ってくれたほうがアッシもイロイロとヤリガイがあるんデスよネェ」

シグナールの言葉からして、ルールを破った人間に罰が与えられることはまず間違いない。しかも、シグナールはルールを守らせるよりも、罰を与えることに喜びを感じているように見える。

（これ以上、関わりたくない）

郁也はシグナールに話しかけられても無視を決めこむことにした。

真横では、真っ白なうさぎの着ぐるみがタンッタンッタンッと足を鳴らし続けている。

異様な光景にもかかわらず、同じホームにいる人たちはまったく気にしていないようで、誰《だれ》も見向きもしない、
電車がくるまで、あと五分足らずだ。けれど、重々しい空気が流れているせいで、一分一秒がやけに長く感じて仕方がない。

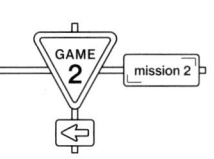

電車をいまかいまかと待っていると、ようやく構内アナウンスが流れた。

『まもなく二番線に電車がまいります。危ないですから**黄色い点字ブロックの内側までお下がりください**』

ようやく電車が来た。郁也は肩《かた》の力を抜《ぬ》く。

スピードを落としながら電車が入ってくる。電車が完全に停車する直前、郁也は隣《となり》の車両のほうが空《す》いていることに気がついた。

「あっちの車両なら座《すわ》れるな」

隣の乗車位置には誰もいない。郁也は隣に移動し、扉《とびら》が開くのを待った。

電車は完全に停車している。けれど、一向に扉が開く気配がない。

「ん？　何かトラブルでもあったのかな？」

郁也は首を傾《かし》げ、辺りを見渡《みわた》す。

「え……ちょっと待って」

車内にいる乗客も、ホームにいる人たちも、みなマネキン人形のように固まっている。

辺りは静寂《せいじゃく》に包まれていた。まるで自分以外の時が止まっているかのようだ。

「どういうこと？」

混乱する郁也の顔を、真っ白な顔が覗き込んだ。

「うわっ！」

驚《おどろ》く郁也に、シグナールが機嫌よさそうに鼻を鳴らす。

「ぶっぶっぶっブウゥゥゥ。ざぁぁぁんネエエエんでぇぇしタァァァ」

言葉とは裏腹に、嬉《うれ》しそうな声を出すシグナールが郁也の足元を指さした。

「黄色の線より内側にいなきゃダメだっていうアナウンスがアリましたよネェェェ？」

シグナールの指摘《してき》にギョッとする。足元を見れば、郁也の足は黄色の線から線路側に一歩踏《ふ》み出《だ》していた。郁也の背中に冷たいものが流れる。

「アッシは言いマシタよネェ？『ちゃあーんと表示を確認し、ルールを守ってご乗車ください』ッテ。守らないと――」

「ちょちょちょちょっと待って！」

いまにもルール違反《いはん》の罰を与えそうな雰囲気《ふんいき》のシグナールに、すかさず郁也は待ったをかけた。罰を免《まぬが》れようと、足元の黄色い線を指さし必死で言い訳を述べる。

「たしかにアナウンスはこの線より内側まで下がれって言ってたよ。でも、外国人は黄色の線の内側って、黄色の線を境にした線路側って考える人もいるんだ。なんなら、黄色い線の中に入れって思う人もいるらしいよ」

苦しい言い訳だとわかってはいるが、実際、日本に初めて来た人など、このアナウンスに戸惑《とまど》う外国人は多数いる、と何かのニュースで見たことがある。

郁也は早口で捲《まく》し立《た》てた。

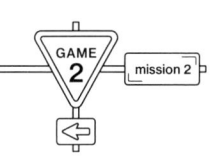

「フム……それで？」

「つまり、どちらからみて内側なのか明言していない時点で、ルール自体が曖昧《あいまい》になっていると思わないか？」

シグナールが顎《あご》に手をあてる。体を左右に二十回ほど揺《ゆ》らしたあと、シグナールはピタリと動きを止めた。

それから思いっきり溜息を吐く。

「確かに。先ほどのアナウンスでは、どこからみた『内側』なのかは明言していまセン。でも、キミは日本人でショウ？　ずぅぅぅっとこのアナウンスに疑問を感じるコトなく、過ごしてきたワケですよネェ？」

呆《あき》れたような顔をして、そろそろペナルティを下そうとしているシグナールに、郁也はさらに食い下がる。

「まままま待ってよ！」

「まだ何か？」

これ以上屁理屈《へりくつ》は聞きたくないといった様子のシグナールが、うんざりとしたような声で答える。それでもルール違反の決定が下されるのを少しでも引《ひ》き伸《の》ばしたくて、郁也は「えっと……」と言いながら、黄色い線を足で何度も擦《こす》る。

靴底《くつぞこ》からは凸凹《でこぼこ》したものを感じない。郁也は視線を下げた。黄色い線はツルツルしている。そこに郁也は勝機を見出した。

「さっきのアナウンスは『黄色い線の内側』ではなく『黄色い点字ブロックの内側』って言っていた。でも、これは点字ブロックじゃない。つまり、アナウンスの仕方が間違っていたってことだよね？」

郁也は黄色の線を靴底でトントントンッと踏みながら答えた。

シグナールのたれた耳がピクリと動く。鼻息が荒くなり、頬をひくつかせている。ものすごく悔《くや》しそうな顔をして、「大変不本意ですが」と前置きしながら、今回は郁也の言うことが正しいと認めた。

「デモ、次はコンな単純なミスはしまセン。覚悟《かくご》シテくださいヨォォォ」

まるでアニメに出てくる悪役の決め台詞《ぜりふ》のようなことを口にしたシグナールは、悔しげにギッギッギッと歯ぎしりをしながら、徐々《じょじょ》に姿を薄《うす》くしていった。

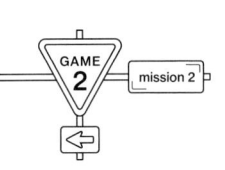

mission－3 誤乗車

シグナールの姿が消えると同時に、止まっていた時間が動き出す。

構内にざわめきが戻り、電車の扉が開く。降りる人がすべて降りるまで待ち、郁也は電車に乗り込んだ。

乗車する人の邪魔《じゃま》にならないよう奥《おく》へ進む。つり革を持ったところで発車のベルが鳴る。

「電車に乗れたら、こんな意味不明なこと終わりだと思ってたのに、アイツ、『次』があるようなことを言ってたよな……。車内でもルールを破ったらアイツが登場するってことか？」

時間すら操《あやつ》ることのできるシグナールは、この世界の者ではない。神出鬼没《しんしゅつきぼつ》なだけに油断は禁物だ。表情を引《ひ》き締《し》めた郁也は、窓ガラスに映る自分の顔を見てギョッとした。

「な、なんで真っ暗なんだ？」

郁也が通学に利用している電車は地下鉄ではない。途中にトンネルはあるが、こんなに長いものはなかったはずだ。

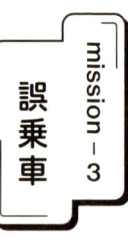

「まさか、電車を間違えた？」

シグナールが現れてから、郁也はずっと混乱していた。当然、気持ちに余裕《よゆう》などない。いつもと同じホーム、同じ電車だと思い込んでいたので、行き先表示板やアナウンスを確認せずに乗ってしまった。

「車両内に停車駅案内があったよな？」

郁也は首をまわして車内を見渡す。すると、すぐ斜《なな》め前の扉の上に停車駅案内があった。そばに寄って、駅名を確認する。乗車した駅以外は、郁也がいつも乗っている電車では聞いたことも見たこともない駅名ばかりだった。

「やっぱり間違えたんだ」

がっくりと項垂《うなだ》れたところで、車内アナウンスが流れた。

「この電車は呂久道《ろくどう》行き急行です。次は寺国海《じこくかい》駅、寺国海駅」

停車駅案内を見ると、乗車した駅から寺国海駅までの間は六駅ある。

「次の停車駅で乗《の》り換《か》えて、いったん戻るしかないな。いったい、どれぐらい時間がかかるんだろう？」

帰宅時間が遅くなればなるほど、母親の機嫌は悪くなる。一番早く帰れるルートを検索《けんさく》しようと、郁也はスマートフォンを取り出した。手早く操作して、乗換案内アプリを起動させる。そこで、ふと、シグナールの言葉が頭を過《よぎ》った。

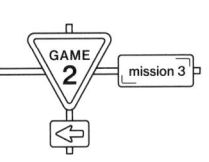

「ルールを破ったらダメなんだよな？　俺が持っているＩＣ定期券と、この電車の行き先はまったく違う。ということは、寺国海駅までの運賃は払《はら》わなきゃ……」

寺国海駅で駅員に相談してもいいが、降りたことのない駅で慌てたくはない。

郁也は車掌《しゃしょう》に相談することにした。先頭か最後尾《さいこうび》にいるだろうと狙《ねら》いを定め、車両を移動する。

すると、遺失物や車内設備の破損、異常の有無を確認するため、車内巡視《じゅんし》をしていた車掌が前からやってきた。

「すみません」

郁也は車掌を呼び止めた。

「電車を乗り間違えてしまったんですが……」

ＩＣ定期券を見せながら事情を説明する。こういったことはよくあることなのだろう。車掌がＩＣ定期券を確認しながら頷《うなず》いた。

「誤乗車ですね。大丈夫《だいじょうぶ》ですよ。次の駅でいったんお降りになって、ご乗車になられた駅に向かう電車に乗り換えてください」

親切な車掌に、郁也はすかさず感謝する。

「ありがとうございます」

「いいえ。これからは気をつけてくださいね。時々、気がつかなくて、まったく知らない駅で降りてしまう方もいらっしゃいますので」

　爽《さわ》やかな笑顔《えがお》を見せて、車掌は立ち去る。その背中が別の車両へ続くドアの向こうに消えたところで、電車が大きく揺れた。

「うわっ！」

　ドンッ！

　驚きの声をあげると同時に、重いものが床に落下した衝撃音《しょうげきおん》が響く。つり革を持っていた郁也は転倒《てんとう》を免れたが、足裏から振動《しんどう》が伝わってきた。

　誰かが倒《たお》れたのかと思い、郁也は音がしたほうへと顔を向ける。すると、目の前が真っ白なもので埋《う》め尽《つ》くされた。

「うひゃぁっ！」

　思わず仰け反る。視界を遮っていたものとの距離《きょり》が開く。

　真っ白なものの正体は、シグナールの胸元《むなもと》――ふわっふわの毛だった。

「キュッキュッキュッ」

　かわいい鳴き声だが、郁也には舌打ちのように聞こえる。

　顔を上げると、予想通り、面白くなさそうに口を尖らせているシグナールと目が合った。

「ハァァァ……何も言わずに電車を乗り換え、乗車駅まで戻っていタラ、アウトだったんですけどネェェェ」

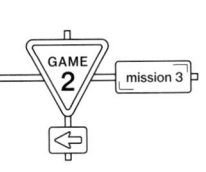

信じられないといわんばかりにシグナールが首を横に振り、さらに続けた。

「乗り間違えたトキのルールなんて、ドコにも書いていなかったのニィイ。よぉぉぉくわかりましたネエェ」

「定期券の区間外は、きちんと電車賃を払わないと無賃乗車になるじゃないか。犯罪になることぐらい俺だって知ってるよ」

「そうは言いますケド……ゴミのポイ捨てだって、不法投棄《とうき》と同じ、立派な法律違反ダッタんですけどネエェ」

得意顔で答えた郁也だが、シグナールにつきまとわれるキッカケとなった出来事を持ち出されては分が悪い。これ以上余計なことは言うまいと押《お》し黙《だま》る。

「プックククゥゥゥ。グウの音もでないようですネエェ」

嬉しそうにシグナールが目を細めた。

「前回はキミの屁理屈でルール違反を大目にみるコトになって、カナァアリ、フラストレーションが溜《た》まりましたが……今回、試合《ゲーム》には負けましたが勝負には勝ったというコトで、多少、溜飲《りゅういん》がさがりましタァ」

暗に、郁也がルールを破らなかったことで自身の負けを認めつつも、言い負かすことができたとマウントをとるシグナールに郁也は呆れる。

「コイツ、大人げないわぁ……」

誰にも聞こえないよう小さく呟《つぶや》いたつもりだったが、うさ耳でありながら地獄《じごく》耳のシグナールには聞こえていた。

「ナルホド。キミはまだまだゲームを続けたいんですネェ」

ブッブッブと不機嫌そうに鼻を鳴らしたシグナールが、パチンッと指を鳴らす。

「リクエストにお応えしましョウ。最寄り駅に到着《とうちゃく》するマデ、ずぅぅぅっとルールや表示を守ってくだサイネェエエエ」

「え？　そ、そんな！　待って！　いまのナシ！」

「一度口から出た言葉は戻せまセン。ソレでは、引き続きガンバッテくださいネェエェ」

シグナールは後ろ足でダンッと床を蹴《け》って飛び上がると、そのまま天井《てんじょう》をスッと通り抜け、どこかに行ってしまった。

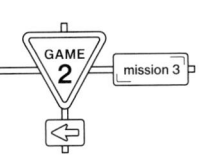

mission－4 優先席

「あー……俺のバカ！　なんで機嫌を損《そこ》ねるようなことを言っちゃったんだろう」

天井を見上げ、郁也は自分の失言を悔《く》やむ。

道で追いかけられ、窓口で驚かされ、駅のホームでは危《あや》うく罰が与えられるところだった。シグナールとのやり取りで、かなりメンタルを削《けず》られた郁也は、前髪《まえがみ》をくしゃりと握りしめ、顔を歪《ゆが》める。

「はぁ。ルールを守っても、しつこくつきまといやがって……」

不満を口にしたところで、郁也は片手で口元を押さえた。それから車内を見渡す。

乗客はそこそこ多い。立っている人は郁也を含《ふく》め三人で、優先席以外ほとんど席が埋まっていた。

横一列に並んで座っている女性三人は、会話に夢中になっている。他はスマートフォンや本を見ている人や、居眠《いねむ》りをしている人ばかりだ。困惑《こんわく》した表情をしたり、郁也や天井を見ている人は誰もいない。

「他の人にはシグナールが見えていない？」

シグナールが見えていないということは、郁也が一人で喋《しゃべ》っていたことになるのだが、郁也を変な目で見ている人もいない。

「もしかして、俺も見えていないとか？」

窓ガラスに映る自分の姿を確認したあと、郁也はつり革を持っていないほうの手でグーパーを繰《く》り返《かえ》す。

「ちゃんと感触《かんしょく》だってあるし……そんなまさか……な」

知らないうちにルールを破ってしまい、シグナールから罰を与えられていたのではと郁也は不安になる。

ポケットに手を入れると小銭《こぜに》が入っていた。郁也はポケットから手を出しながら小銭を落とす。

「あっ」

わざとらしくならないよう少し大きめの声をあげる。近くの席に座っていた数人が反応した。

銀色のコインが床を転がっていく。慌てたフリをして郁也がそれを追いかける。小銭が女性の足元で止まる。女性は素早く拾ってくれた。

「はいどうぞ」

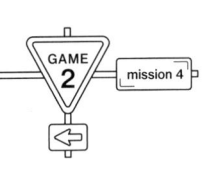

「ありがとうございます」

郁也は親切な女性に感謝する。そして、他の乗客たちにも自分の存在が認識されていたことに胸を撫《な》でおろす。

「そうだよな。得体の知れないアイツは別として、俺はこの世界で生まれ育ってきたわけだし、まだ死んでもいない。他の人から見えないわけがないか」

ホッとした途端、疲《つか》れがドッと出る。

次の駅で降りるとはいえ、急行電車なのでもう少し時間がかかりそうだ。

「**優先席**しか空《あ》いていないけど……優先席って、高齢者《こうれいしゃ》や妊婦《にんぷ》さんとか、必要な人がいた場合には率先して譲《ゆず》るよう促《うなが》しているだけで、空いている時は座ってもいいっていう話だったよな」

立っている人たちがヘルプマークを持っていないことや、男子学生であることを確認してから、郁也は優先席へと足を進める。

「ちょっとだけ座らせてもらおう」

スクールバッグを胸に抱き、空いている席に座ろうとした。その時、窓に貼《は》られた優先席マークが目に入る。

「ん？　優先席のピクトグラムってこんなのだっけ？」

杖《つえ》を持つ人、お腹《なか》の大きな人、赤ちゃんを抱いている人、松葉杖を持つ人、胸にハートマークがある人の意味はわかる。それぞれ、高齢者、妊産婦、乳幼児連れ、障害のある人や怪我《けが》をした人、内部障害者だ。

「でも、この一つだけがわかんないんだよな……」

頭に三角マークがついているピクトグラムを見ながら、郁也は首を傾げる。優先席マークの真正面にあった郁也の顔が横の窓ガラスに映った。

「は？」

あり得ないものを目にした郁也は間抜けな声を出した。

窓ガラスに映っているのは郁也だけではない。窓ガラスのすぐ前に人がいるかのように、座席の定員分である四つの後頭部が映っている。しかも、その後頭部に重なって顔のようなものが映っている。後頭部も顔も半透明《はんとうめい》だ。

郁也は思いっきり対面側の優先席へと振り返る。だが、誰もいない。もちろん、郁也が座ろうとしていた優先席にも誰も座っていない。

「どういうことだよ」

窓ガラスには相変わらず人の後頭部や顔のような——得体の知れないものが映っているのだが、実際の席には誰もいないのだ。

「誰もいないところに、誰かがいる……」

無意識に呟いた自分の言葉で郁也は「あっ！」と声をあげた。

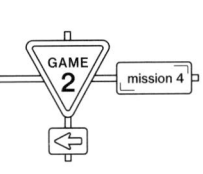

もう一度、頭に三角マークがついているピクトグラムを確認する。下半身は下にいくにつれて細くなり、足がない。郁也はそれが幽霊《ゆうれい》を意味していることを確信した。

「優先席ならぬ幽先席ってことか」

その一言を発した途端、いくつもの強い視線を感じた。ピクトグラムから視線を横にズラす。すると、窓ガラスに映る幽霊たちが、郁也をジーッと見つめていた。

そのうちの一対の目と目が合う。

「ひっ」

郁也は小さな悲鳴をあげ、小さく飛び上がった。

幽霊たちがニタニタとした笑みを浮《う》かべる。そして、一斉《いっせい》に口を動かし始めた。

「○、○、○、○、○、○、○」

口の動きはゆっくりで、みな同じだ。何度も何度も同じ言葉を繰り返しているようだが、声は聞こえない。いつのまにか、手招きまでしている。

「何が言いたいんだよ……」

窓ガラスに映っているだけで、直接危害は加えてこない。少しだけ警戒心《けいかいしん》を緩《ゆる》めた郁也は、幽霊たちの口の動きを読んで声に出す。

「こ、ち、ら、に、お、い、で」

この言葉が意味することは安易に想像できる。

単純に「この優先席に座ればいい」と言っているわけではない。

彼《かれ》らは自分たちの世界——つまり、幽霊たちの世界においでと言っているのだ。

あのまま優先席に座っていたらと思うと、郁也はブルリと体を震《ふる》わせた。

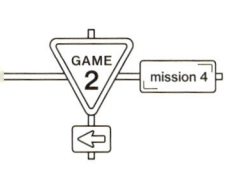

mission－5 非常ボタン

座ることを諦《あきら》め、郁也はなるべく優先席から離れた場所へと移動した。

窓の外は相変わらず真っ暗だ。

「トンネルにしてはやけに長いよな……」

電車に乗ってから、すでに十分は経過している。地下鉄でもないかぎり、郁也の住んでいる地域でこんなに長い時間、外の景色を見ることができない区間はない。

「まるで地下鉄みたいだよな……もしかして、俺、改札すら間違えた？」

あり得ないことを想像し、郁也は首を横に振った。

「いいや、いつもの駅と変わらなかったはずだ。そんなわけないよな」

単純に電車を乗り間違えただけだと郁也は自分自身を納得《なっとく》させたものの、心に引っかかりを覚えた。

「そういえば、なんで俺は窓口を探したんだ？　何度も利用したことがある駅なのに……」

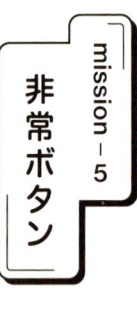

眉根《まゆね》を寄せて、自分自身の行動を思い返す。シグナールに追いかけられ、冷静さを欠いていたといえばそれまでだ。だが、改札のすぐそばにあるはずの窓口が見つからなかったことが、なんとなく腑《ふ》に落ちない。

「うーん、やっぱり、何かを忘れているような……見落としている気がするんだよな」

答えが出てきそうなのに出てこない。スッキリしないが、すでに終わったことを考えても仕方がない。

郁也は気持ちを切《き》り替《か》えることにした。

「そういえば、あとどれくらいで寺国海駅につくんだろう？」

乗客たちの様子を見ると、降車準備をしている人はもちろんのこと、まだ着かないのかとソワソワしている人もいない。

かしましく喋っていた女性たちがおとなしくなったせいか、車内がやけに静かだ。

「なんか妙《みょう》な雰囲気だな……」

ゾワリとしたものを感じ、郁也は制服の上から腕《うで》をさする。そして、目の前に座る男性へと視線を移した。

「え……」

男性は俯《うつむ》いている。その顔は真《ま》っ青《さお》だ。

「大丈夫ですか？」

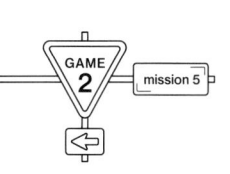

郁也は男性に手を伸ばした。けれど、男性の肩に触《ふ》れる前に、ギクリと固まった。

ゴクリと唾《つば》を飲み込み、男性の隣に座る人を見た。それからさらにその隣に座る人へと視線を移動させる。

「なんだなんだ？　みんな、体調が悪くなったのか？」

ロングシートに座る乗客すべてを確認し終えると、郁也はぐるりと振り返った。対面側に座っている人たちも全員、俯いたまま微動《びどう》だにしない。

立っている二人は摑《つか》んでいるつり革に身を委《ゆだ》ねた状態で、電車の揺れに合わせて体をグラつかせていた。

車両内にいる郁也以外の乗客全員の様子がおかしい。あきらかに異常だ。

郁也はとっさにハンカチで口元を押さえる。

「熱中症《ねっちゅうしょう》？　酸欠？　異臭《いしゅう》はしないけど、ま、まさか毒ガスじゃないよな？」

車内は空調が効いている。暑くはないし、息苦しくもない。

郁也自身は頭痛や吐《は》き気《け》どころか、眩暈《めまい》すらしないのに、車両内にいる他の乗客は全員意識を失っているようなのだ。

「こういう時ってどうすれば……」

そこで郁也は、急病人が出た時、電車が緊急《きんきゅう》停車したことを思い出した。

「**非常通報ボタン**はどこだ？」

車内をぐるりと見渡す。車両の連結部のドア付近に『SOS』という赤い文字が見えた。

「あれだっ！」

いうや否や、郁也は非常通報ボタンに飛びついた。そして、震える手で力いっぱい押した。

ブッブブーーーーーーーッ
けたたましいブザーの音が響き渡る。それと同時に、マイク部分から「プップププクククルルゥゥゥ。プップププクククルルゥゥゥ」と甲高《かんだか》いコール音らしきものが聞こえた。

「乗務員室に繋《つな》がるって聞いたけど……車掌さんとか、近くにいないのかな？」

ボタンを押してからまだ数秒しか経《た》っていない。それでも気持ちばかりが焦《あせ》る。

「はやくはやくはやくはやく――」

イライラと貧乏《びんぼう》ゆすりをしながら念仏のように「はやく」と唱え続けると、コール音らしきものがブツッと音をたてて止まった。

「車掌さんですかっ？」

「ブッブブブルルルゥゥゥッ」

食いつき気味にマイクに話しかけた郁也の声は、興奮した牛の鼻息のような音によって打ち消された。

一瞬《いっしゅん》、何が起きたのかわからず、郁也はポカンとした。けれど、この鼻息には心当たり

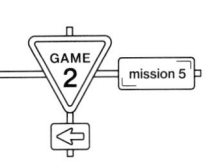

がある。

いままでとはまったく違うパターンだが、郁也はこの鼻息を含め、けたたましいブザーの音も、甲高いコール音のようなものも、すべて、一人——いや、一匹《いっぴき》の仕業《しわざ》であると確信した。

「シグナールッ！　いまはお前に構っている暇《ひま》はないっ！　さっさと本物の乗務員さんと代われよっ」

この車両には急病人がたくさんいる。一分一秒だって惜《お》しい。

人命救助への正義感と責任感がシグナールへの恐怖心《きょうふしん》を上回り、郁也は怒鳴《どな》りつけた。

けれど、シグナールにはまったく響かない。マイクの向こう側からプップップップップッと笑うように鼻を鳴らす音が聞こえてくる。

「いい加減にしろよ。お前のせいで多くの人が死ぬかもしれないんだぞっ」

苛立《いらだ》ちを露《あら》わにし、郁也は壁《かべ》を殴《なぐ》りつけた。

鼻を鳴らす音がピタリと止まる。その代わりに、キチッキチッキチッと歯を鳴らすような音が聞こえてきた。

「器物破損はルール違反にナリますヨォォ？」

ねっとりとした声には妙に圧がある。顔は見えないが怒《おこ》らせたようだ。

これ以上シグナールを刺激《しげき》しないよう郁也は口を閉じた。

「ふむ。今度はだんまりですカァ？　デ・ス・ガ……ざぁぁんねぇぇんながら、ルール違反ヨリも先に、キミはミスをしてしまったようですネェエ」

「は？　ど、どういうことだよ」

再び機嫌よく鼻を鳴らすシグナールに、郁也は声を震わせた。

「ルールは破っていませンが……キミが押したボタン。ソレって本当に非常通報ボタンですカァ？」

郁也は目をカッと見開き、ボタンの名称《めいしょう》を確認する。

『非日常ボタン』

赤いペンキで書かれた文字をなぞり、郁也は愕然《がくぜん》とした。

「ちゃあーんと表示を確認してくださいネエ〜と言いマシタよネェ？　じゃないと、トンデもない世界にイッチャいますからっテエエ」

プップププーッとおかしさに耐《た》えきれず吹《ふ》き出《だ》したような音がマイクから洩《も》れたかと思えば、シグナールが嬉々《きき》とした声を出す。

「まあ……キミの場合。駅を間違えた時点で、すでに違う世界に足を踏み入れてシマッテいたんですケドネエエエ」

「駅を間違えた……？」

ここで郁也は駅に入る直前に見たピクトグラムを思い出した。

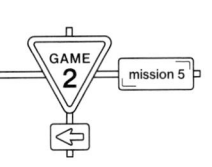

「そうか……。あのピクトグラムはトンネルの中を走る電車が描かれていた。駅は駅でも地下鉄だったんだ……だから俺、窓口がどこにあるのかわからなかったのか……」

郁也は頭を抱《かか》え、「いや、そもそも普通《ふつう》の地下鉄でもなかったのかも……」と掠《かす》れた声で呟いた。

マイクからタンタンタンッと軽《かろ》やかなステップの音と、楽しげな鼻歌が聞こえてくる。

聞きたくないと耳を塞《ふさ》げば、シグナールの声が直接頭に響く。

「落ち込まなくてもダイジョウブですヨォォオ。だって、オカアサンに叱られない。テストもなければ、勉強だってしなくてイイ。ソンナ異世界に行けるんですカラァァァ」

そこでシグナールが手を叩いたのだろう。パンッと乾《かわ》いた音が鳴る。

音に驚き、肩を震わせた郁也が、耳から手を離したタイミングで、シグナールがゆっくりと言い聞かせるような声でささやいた。

「キミが望んでイタことですヨ」

フッと耳に息が吹きかけられた。バッと手で耳を押さえ、郁也はマイクから飛び退く。

そして、小刻みに震えながらも、マイクを睨《にら》みつけた。

だが、マイクからはシグナールの鼻息も声も聞こえてこない。かわりに、車内アナウンスが流れた。

「ご乗車ありがとうございマァアス。お客サマにお知らせシマス。この電車は行き先を

『イセカイ』に変更しまシタァァァ」

ふざけた口調のアナウンスが終わると、ガタンッと電車が大きく揺れた。つり革から手を離していた郁也はバランスを崩《くず》し、床に倒れた。

「いてて……」

上半身を起こすと窓が目に入る。えもいわれぬ美しい景色が飛び込んできた。ドラゴンやユニコーンといった架空《かくう》の動物までいる。しかも、宙を舞い、火や水を自由に扱《あつか》っている人の姿まで見えた。

憧れていた世界が目の前に広がっている。

郁也は窓に吸い寄せられた。不安や恐怖を喜びと好奇心《こうきしん》が塗《ぬ》り替《か》えていく。

「なんてすばらしい世界なんだ……」

窓の外をうっとりと眺めながら、郁也は呆《ほう》けたように呟いた。

少し離れた場所からその様子を眺めていたシグナールが、感慨深《かんがいぶか》げに頷いた。

「アッシ、今回は人助けをしちゃいましたネエエ」

シグナールは満足げに目を細め、パチンッと指を鳴らした。

その瞬間、電車や乗客とともに郁也の姿も消えたのだった。

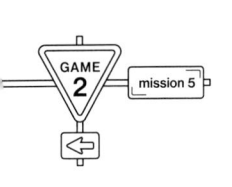

GAME 3

ショッピングモール

〜お子サマから目を離さナイようお願いしマス〜

CHARACTERS

伊《い》勢《せ》崎《ざき》魁《かい》

サラリーマン。家族を大事にしている

伊勢崎瑶子《ようこ》

魁の妻。ちゃっかりしていて、少々ずうずうしい面もある

伊勢崎加《か》里《り》奈《な》

魁の長女。小学五年生。しっかりもの

伊勢崎茉《ま》里《り》奈《な》

魁の次女。小学二年生。好《こう》奇《き》心《しん》旺《おう》盛《せい》で、落ち着きがない

伊勢崎陸《りく》

魁の長男。一歳《さい》

レオ

伊勢崎家のペットの小型犬（ミニチュアブルテリア）。筋肉質で飼い主に尽《つ》くす性格

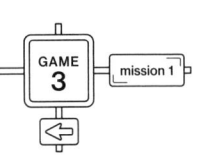

mission－1 喫煙所

伊勢崎魁《いせざきかい》は家族を連れて、家から車で二十分ほどのところにある大型ショッピングモールにきた。まだオープンして半年も経《た》っていないモールなので、休日はいつも賑《にぎ》わっている。

魁は車を屋外駐車場《ちゅうしゃじょう》のモール入口近くに停《と》めると、後部座席に座《すわ》る妻の瑤子《ようこ》に声をかけた。

「先に飯にする？」

「そうね。フードコートのピークって十一時半から十四時くらいまでよね。ちょっと早いけど、先に食べよっか」

チャイルドシートに座る陸《りく》の世話をしながら、瑤子が答えた。すると、助手席に座っている次女の茉里奈《まりな》が慌《あわ》てたような声を出す。

「その前に私、トイレに行きたいっ」

我慢《がまん》できそうにないのか、茉里奈が急いでシートベルトを外す。すぐ近くの出入口にトイレの案内表示が見えてホッとする。

けれど、茉里奈はまだ小学二年生だ。しかも、元気がよくて、落ち着きがない。よく迷子になる。トイレは目と鼻の先にあるが心配だ。

「一人じゃ危ないから、ちょっと待ちなさい」

「いいよ。私が茉里奈について行くから」

魁がシートベルトを外すよりも先に、加里奈《かりな》が後部座席のドアを開けて車を出る。それと同時に、茉里奈も車から飛び出した。

「茉里奈、行くよ」

加里奈が茉里奈の手を摑《つか》む。そのまま二人は手を繋《つな》いでトイレに駆《か》けていく。

二人の背中を見送りながら、魁が苦笑《くしょう》する。

「ほんと、誰《だれ》に似たんだか……加里奈はしっかり者だな」

「そりゃあ、私に似たのよ。あの子、もう小学五年生だし。学校でも下級生たちの面倒《めんどう》をよく見てくれてるって担任の先生からも褒《ほ》められていたわ」

「そうは言っても、まだ小学生だしな。俺《おれ》、トイレの前で二人を待つよ」

魁は「瑤子は陸をベビーカーに乗せてゆっくり来てよ」と付け加え、車の鍵《かぎ》を渡《わた》そうとした。

「ううん、陸のおむつも替《か》えたいし、私がトイレに行くわ」

「ベビーカーは？」

「あなたがレオと一緒《いっしょ》に持ってきて」

荷物を持ち、陸を抱《だ》きかかえた瑤子がにっこり微笑《ほほえ》む。

「じゃあ、俺は喫煙所《きつえんじょ》に行ってくるから、フードコートで待ち合わせにしよう」

いったん、瑤子たちと離《はな》れた魁は、愛犬のレオの入ったキャリーを持ち、ベビーカーを押《お》しながら喫煙所を探す。

「このモール、広すぎて毎回喫煙所の場所がわからなくなるんだよな」

フロア案内で確認《かくにん》しようと、エスカレーター付近の柱へ向かう。すると、このショッピングモールのマスコットキャラなのだろう。真っ白なウサギの着ぐるみがフロアマップを配っていた。

「それください」

ウサギの着ぐるみはお辞儀《じぎ》をしながら冊子を一枚手渡してくれた。

「ありがとう。ついでと言っちゃなんだけど、喫煙所はどこですか？」

着ぐるみの中に入っている人は、マスコットキャラになりきって、道化師《ピエロ》のようなコミカルな動きをする。声を発することなく、ジェスチャーとフロアマップを指さすだけで場所を教えてくれた。

「ありがとう」

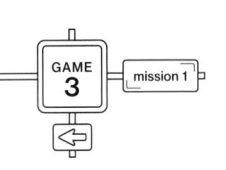

魁は会釈《えしゃく》をし、着ぐるみが指さしたほうへ向かう。

「レストラン街の横にあるトイレの近くか……」

レストラン街まで進んだ魁は、そこでフロアマップを確認する。トイレ付近を探せば、すぐにガラス張りの個室が見つかった。

ガラスには、四角の中に描《えが》かれた煙《けむり》が出ているタバコのイラスト。そして、円で囲まれた発火したマッチに斜線《しゃせん》が引かれているイラストのシールの二つが貼《は》ってある。ここが**喫煙所**であることは一目瞭然《いちもくりょうぜん》だ。

「ここだ、ここだ」

喫煙所の中には人影《ひとかげ》はない。喫煙所に入る前に、魁は周囲を見渡した。犬にとって煙は大敵だ。ベビーカーにも臭《にお》いが移るといけない。

家や車の中では電子タバコですら吸わない魁は、通行人の邪魔《じゃま》にならないだけでなく、喫煙所内から見える通路の端《はし》にベビーカーを置く。リクライニングにして、座席にシートを敷《し》き、その上にレオの入ったキャリーを置いた。

「よし。一服するか……」

喫煙所に入り、胸ポケットからタバコとライターを取り出す。タバコをくわえ、ライターを点《つ》けた。

ボウッという音をたててライターから大きな炎《ほのお》が立ち上がる。

「うわっ」

咄嗟《とっさ》にライターを手放す。ライターは床《ゆか》に転がった。なのに、炎は消えない。

「な、なんだよ……コレ……」

床に転がるライターの炎は強さを増す。炎の色はなぜか青白い。しかも、熱さは一切《いっさい》感じない。それどころか、ヒンヤリとした冷たさを感じる。

驚《おどろ》き目を見張り、魁は「あり得ない」と呟《つぶや》く。

その瞬間《しゅんかん》、炎の中から何かが飛び出した。

「ブッブブブゥゥゥゥーーーーッ」

駄目《だめ》出《だ》しをするような、不快なタングドリルを鳴らしながら、白ウサギの着ぐるみが現れた。先ほどフロアマップをくれたマスコットキャラだ。

「お父サァアン。ダメじゃないですカァ」

プップッププッと楽しそうに鼻を鳴らし、着ぐるみが喫煙所の入口に貼ってあるマークを指さした。

発火したマッチに斜線がひいてあるものだ。

「マッチの使用は駄目だってことじゃないの？」

魁は真顔で答えた。すると、着ぐるみは「チッチチッチッ」と人差し指だけを立てて、横に振《ふ》る。

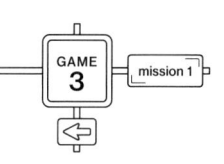

「違《ちが》いますヨォ。コレは**火気厳禁**という意味デス」

つまり、どんなものであっても火の使用は駄目だというものだ。

魁は顔を真《ま》っ青《さお》にさせた。

「でも、ここは喫煙所なんだし……」

「残念ながら、ここで吸えるのは電子タバコだけデス。子どものお手本となる大人がルールを無視しちゃダメですヨォォォ」

厭味《いやみ》ったらしい口調《くちょう》だが、言っていることは正しい。魁は身を小さくして「すみません」と反省する。

しかし、着ぐるみの追及《ついきゅう》は止まらない。真《ま》っ赤《か》な目をガラスの向こう側に向けた。

「ふぅむ。ショッピングカートを片付けないで放置するのはマナー違反《いはん》ですが……この場合はどうしたものでショウ」

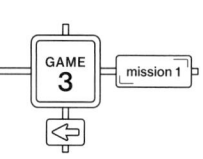

ベビーカーを見ながら着ぐるみが首を傾《かし》げる。それから、少し悩《なや》むような素振《そぶ》りをした。

「うーん……位置的に通行の邪魔にはなりませんし、セーフといったところですかネェ。とは言っても、置き引きにあおうが、何かの拍子《ひょうし》でワンチャンが飛び出して、人に危害を加えたり、加えられたりしても自己責任になりますケドォォ」

着ぐるみはショッピングモールのマスコットキャラだ。つまり、中に入っている人は、モールの従業員だと考えていい。モール側の意見は至極《しごく》もっともだ。

チロリと着ぐるみに睨《にら》まれた魁は、素直《すなお》に謝る。

「すみません。火気厳禁については本当にわからなくて……キャリーやベビーカーに関しても気をつけます」

腰《こし》を九十度に折り、頭を下げる魁に対し、仕方ないなとでもいうように着ぐるみが「ブゥウッ」と息を吐く。

「アッシの名前はシグナール。この世界の〝ルール〟の監視役《かんしやく》なんですヨォ」

「シグナール？　ルールの監視役？」

聞き慣れない言葉を復唱した魁は、ショッピングモールのマスコットキャラは、真っ白なウサギだが、耳がピンッと立っていたことを思い出した。目の前にいるウサギの着ぐるみの耳はたれている。

わけがわからず困惑《こんわく》する魁に、シグナールが答える。

「ええ、そうです。本来なら、ルールを破ったアナタにはバツを与《あた》えなくてはイケないんデスけどネェ……はじめから礼儀正しいヒトですし、なにより、素直に謝罪できるトコロが気にいりマシタ。今回は大目にみてあげましょう」

キュッキュッキュッと機嫌《きげん》よく声を出し、シグナールが真っ赤な目を細めた。

怒濤《どとう》の展開に頭がついていかない。呆然《ぼうぜん》と立《た》ち尽《つ》くす魁を見て、シグナールが「あ、でも。二度目はありまセンヨ」と釘《くぎ》をさす。

その目はゾッとするほど赤く、そして、禍々《まがまが》しい光を放っていた。

シグナールに見つめられ、魁はヘビに睨まれたカエルのように固まる。その様子を見たシグナールがにんまりと笑う。

「あくまでもルールさえ守ってくれれば、大丈夫《だいじょうぶ》デスからネェ。ステキなショッピングをお楽しみくだサァァァイ」

綺麗《きれい》にお辞儀をしたあと、シグナールはスーッと音もなく消え去った。

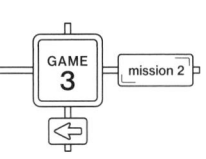

mission－2 持ち込み禁止

とんでもない出来事に遭遇《そうぐう》した魁は、タバコを吸うのを諦《あきら》め、待ち合わせ場所に急いだ。

フードコートの前には、すでに瑤子たちがいた。

「お父さん、遅《おそ》いよ」

「席がなくなっちゃうじゃん」

娘《むすめ》二人に急《せ》かされ、フードコート内を見渡せば、時刻はまだ十一時を過ぎたばかりだというのに混み始めていた。

「ごめんごめん。早く席をとろう」

魁はベビーカーからキャリーを降ろし、シートを外す。それから、瑤子に陸をベビーカーに乗せるよう促《うなが》した。

生まれた時から夜泣きも少なく、あまり手のかからない陸は、瑤子の腕《うで》からベビーカーに移ってもお気に入りのおもちゃを握《にぎ》ってご機嫌だ。

「私がベビーカーを押すよ」

加里奈がベビーカーのハンドルを持つ。

「さて、どこが空《あ》いているかな……」

フードコートに足を踏《ふ》み入《い》れようとしたところで、魁はシグナールの言葉を思い出した。

「ルールを破ったらバツが与えられる……」

入口手前には『お客様へのお願い』の看板が立っていた。

①ご注文前に「お席の確保」をお願いいたします。
②混雑時には「お席の譲《ゆず》り合《あ》い」にご協力お願いいたします。
③「長時間のお席の確保」はご遠慮《えんりょ》ください。
④「ご飲食以外のご利用」はご遠慮ください。
⑤「フードコート店舗《てんぽ》以外」の商品「持《も》ち込《こ》みによるご飲食」はご遠慮ください。
⑥「ペット同伴《どうはん》」はご遠慮ください。なお、ペット連れのお客様はテラス席をご利用ください。

どの注意書きもピクトグラムつきでわかりやすい。一通り看板を読んだ魁は、キャリーの中でおとなしくしているレオを見る。

「そうだよな。キャリーに入っていても、吠《ほ》えたり、毛が飛んだりすることもあるもんな」

レオを連れて、アウトレットモールやドッグカフェには行ったことがある。その時はレオも魁たちと同じ場所で食事をしていたので、ペット同伴可のショッピングモールならフードコートも大丈夫だと思い込んでいた。

「不特定多数の人が飲食する場所なんだ。常識的に考えて駄目に決まってるよな」

魁は小さく呟き、テラス席への案内図へと視線を移した。

「テラス席に行くには、いったん建物から出て、外から行かなくちゃいけないのか……」

ルートを頭にいれたあと、魁は瑤子たちに声をかける。

「テラス席のほうで席を取っておいてくれる？ レオと俺は外からじゃなきゃテラス席にも行けないから」

瑤子は魁が見ていた看板を覗《のぞ》き込《こ》む。それから、魁が持つキャリーを見てあっけらかんと答えた。

「レオはキャリーに入ってるんだし、フードコート内を通るぐらいなら大丈夫なんじゃない？」

「そうだよ。フードコート内を通るほうが近いじゃん」

茉里奈がテラス席の入口を指さし、瑤子に加勢する。だが、シグナールのことが頭から離れない魁は首を横に振った。

「いいや。ルールはルールだ。ちゃんと守らなくちゃな」

躾《しつけ》に厳しいわけでもなければ、頑固《がんこ》でもない魁の強い口調に瑤子たちは目を丸くする。

「あなた、そんなに真面目《まじめ》じゃなかったわよね？　ちょっと通るだけなんだから、誰も文句言わないわよ」

「いや。クレーマーとかいるだろ？　キャリーからレオの毛が舞《ま》ってご飯に入っただの、涎《よだれ》が飛んだだの、いろいろ言われたら嫌《いや》じゃないか」

怪訝《けげん》な顔をしていた瑤子を煙《けむ》に巻く。瑤子は「それもそうね」と納得《なっとく》した。

「じゃあ、席で待ってるね」

瑤子と子どもたちは魁に向かって手を振ると、フードコート内を通ってテラス席の入口へと向かっていった。


テラス席は広々としていた。暑くもなく寒くもない晴れの日だ。店内と同じように混雑しているかと思ったが、意外とそうでもない。ゆったりとした雰囲気《ふんいき》で食事ができる。気持ちのいい風が吹《ふ》き、かえって店内で食べるよりも心地《ここち》がいい。

加里奈も茉里奈も、それぞれ好きなものを食べている。二人ともご機嫌だ。

早々に自分たちの食事を終えた魁と瑤子は、それぞれレオにおやつをあげたり、陸にミルクをあげたりしていた。

「ねえ、お母さん。これも食べていい？」

茉里奈が、家から持ってきたお菓子《かし》を鞄《かばん》から出した。テーブルに目をやる。すると、すでにオムライスは食べ終わっていた。

「そうね。残さずご飯を食べたから、いいわよ」

「やったね！」

「茉里奈、私も食べたいから残しておいてよ」

「わかってるって」

ご飯を食べるスピードをあげた加里奈の横で、茉里奈が優越感《ゆうえつかん》たっぷりな顔をしてお菓子を口にした。

その時、プップププゥゥゥという音とともに、テーブルの横で風が小さく渦巻《うずま》いた。

「なんだこの音……」

風の音にしては奇妙《きみょう》だ。渦巻く風はだんだん大きくなり、魁たち家族だけを取り囲む。

「まさか……」

嫌な予感が魁の頭を過《よぎ》る。その瞬間、風の中から真っ白でモフモフしたものが空中で回転しながら飛び出した。

「フードコートに飲食物の持ち込みは禁止ですヨォ！」

華麗《かれい》に着地したシグナールに娘二人が目を輝《かがや》かせる。

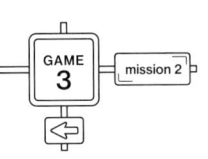

「わっ！　いまのってマジック？」

「かわいいっ！　ラビタンだっ」

思っていた反応と違ったのか、シグナールが困った顔をする。

「いやいや。マジックじゃナクって、アッシは――」

「どうやって風から出てきたの？」

「ねえねえ。もう一回やってよ！」

ウサギの着ぐるみとしか思っていない娘二人は、興奮したままシグナールに飛びついた。

喫煙所でのひと幕で、シグナールに対し、警戒心《けいかいしん》を抱《いだ》いている魁が、二人を引き離す。

「近づいちゃ駄目だっ！」

右腕に加里奈、左腕に茉里奈を抱《かか》え、シグナールから距離《きょり》をとる。

「あなた、どうしたの？　これ、家族向けのサプライズイベントでしょ？」

娘二人と同じように、モール主催《しゅさい》のイベントだと勘違《かんちが》いしている瑤子が、ぽかんとする。

魁はこの着ぐるみウサギについて、どう説明しようか悩んだ。危険な存在だと感じる相手なだけに、大事な娘たちを抱える腕に自然と力がこもる。

加里奈と茉里奈の勢いに押されていたシグナールだが、ここで自分のペースを取《と》り戻《もど》したようだ。左手を腹部に当て、右手を後ろに回して礼をしたあと、自己紹介《しょうかい》をし始めた。

「アッシはシグナール。さっき、オトウサンにはごあいさつしたんですけどネ。アッシはルールを破った人にバツを与える。いわば、ルール破りの監視役なんですヨォォ」

誇《ほこ》らしげに胸を張ったあと、シグナールはパチンッと指を鳴らした。途端《とたん》、テーブルの上から茉里奈が食べていたお菓子がシグナールの手の中へと瞬間移動した。

「コレ。フードコートの店舗で買ったモノじゃないですよネェ？」

ねっとりとした声を出すシグナールに、瑤子が頷《うなず》く。

「でぇーすぅーよぉーネエエエ」

シグナールが大きく口を開けて笑う。口の中に、ギザギザに尖《とが》った歯がびっしりと生えているのが見えた。

それに気がついたのは魁だけではない。加里奈も茉里奈も見えたのだろう。怯《おび》えた表情で魁にしがみつく。

「フードコート内では、『フードコート店舗以外』の商品『持ち込みによるご飲食』はご遠慮くださいって書いてありましたでショウ？」

シグナールの視線が魁に向けられる。モール側から客に向けた『お願い』には、たしかにそう書かれていた。

「ルール違反ですネェ。アッシ、『二度目はありませンヨ』って言いましたでショウ」

目を細め、シグナールが茉里奈へと手を伸《の》ばす。

「やだっ！　こないでっ！」

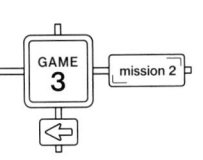

胸に縋《すが》りつく茉里奈を、魁は加里奈とともにしっかり抱え込む。すかさず、シグナールの変化に気づかず、モールのキャラクターだと思い込んでいる瑤子が声を荒《あら》らげた。

「あれって、あくまでもモール側からのお願いでしょ？　私たちは、陸とレオ以外、全員分の食事を購入《こうにゅう》しています。そりゃあ、お菓子を食べたのはよくなかったかもしれないけど……でも、お店側が問題ないと言えば問題ないでしょ？」

いきなり現れた着ぐるみに、「ルール破り」だと注意されただけなら、瑤子も素直に謝っただろう。けれど、謝るよりも先に罰《ばつ》を与えようとしたシグナールに苛立《いらだ》ったようだ。取り囲む風をものともせず、満腹でうとうとしていた陸を抱きかかえたまま、飛び出していった。

瑤子は店内へ戻り、食事を購入した店舗へ聞きに回る。そして、呆気《あっけ》にとられ立ち尽くすシグナールのもとに、あっという間に帰ってきた。

「購入した店全部に聞いてきたわ。あなたの言う通り、家から持ち込んだ飲食物を食べるのは遠慮してほしいけど、赤ちゃんの食事やペットフードはフードコート内では扱《あつか》ってぃないし、茉里奈が食べたのは、小さなお菓子だけ。だから、許容範囲《はんい》内だって言ってたわ」

お店側からの回答を、瑤子が鼻息荒くシグナールに突《つ》きつけた。

キチキチキチキチキチキチとシグナールが悔《くや》しそうに歯を鳴らす。さらには、大きな後ろ足を苛立ったようにタンッタンッタンッと踏み鳴らす。

「お店側が許可をしたのナラ、アッシからは文句すら言えないじゃやナイですカァァアッ」

キィイィッとヒステリックな声をあげたシグナールは、その場でギュルギュルギュルッとスピンし出す。

「今回はお店の人のお陰《かげ》デスガ、今度はそうはいきまセンからネエェッ」

グルグル高速回転しながら捨《す》て台詞《ぜりふ》を吐いたシグナールは、周囲に巻き起こった風に包まれるようにして、飛び去った。

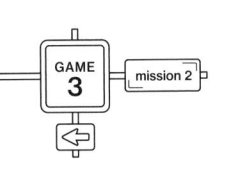

mission－3 ステップの上を歩いたり、走ったりしないでください

シグナールが消えると同時に、魁たちを取り囲んでいた風も消えた。周囲を見渡すと、大きく渦巻いていた風の影響《えいきょう》はまったくない。周りの人たちは、のんびりとした時間を楽しんでいる。

そんな中、魁たちは謎《なぞ》の着ぐるみのせいで、最悪のランチタイムになった。娘たちは怯えたまま、暗い顔をしている。すると、瑤子が鼻息荒く、娘たちに声をかけた。

「アイツが出てきたら、またお母さんが退治してあげるからね」

腕まくりをして、瑤子が力こぶを見せる。すると、ようやく娘たちに笑顔が戻った。

瑤子だけにいいところを持っていかせるわけにはいかない。父親としての名誉《めいよ》を挽回《ばんかい》するため、魁も娘二人に猫撫《ねこな》で声《ごえ》を出した。

「よし。今日はお父さんがなんでも買ってやるぞ。どこに行く？」

ちゃっかり者の瑤子が明るい声で反応する。

「お母さんは服を買ってもらおうっと！」

「なら、私は買ってほしい本があるの」

「私はケーキと靴《くつ》っ！　あと、レオのおやつも買ってあげようよ」

なんでも買ってやると言った途端、元気を取り戻した娘たちにホッとする。

けれど、三人の欲しいものはバラバラだ。魁はフロアマップを取り出した。

瑶子たちが行きたいアパレルショップと本屋は、いま魁たちがいる二階にある。ペットショップと靴屋は生鮮《せいせん》食品売り場と同じ一階だ。

効率的に回るには、アパレルショップ、本屋、靴屋、ペットショップの順番がいい。

「じゃあ、まずはお母さんの服から見に行こうか」

魁の判断にみんなが同意し、アパレルショップへと移動する。その途中、あちこち見ながら歩き、通行人とぶつかりそうになる茉里奈を注意する。

「茉里奈、あんまりキョロキョロするなよ。みんなの迷惑《めいわく》になるだろ」

「はーい」

元気よく返事をするが、実際の行動は伴《とも》っていない。首や目を忙《せわ》しなく動かしている。

このままでは迷子になるなと思い、魁は茉里奈と手を繋ごうとした。だが、魁がその手を掴む前に、茉里奈が駆け出した。

「あ！　ラビタンだっ！」

ガラス手すりに張りついた茉里奈の後ろから、魁は吹《ふ》き抜《ぬ》けを覗き込んだ。

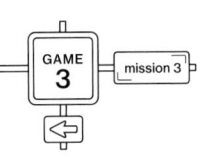

イベントスペースに作られた小さなステージの上で真っ白なウサギの着ぐるみが踊《おど》っている。一瞬、ギクリとしたが、ウサギの耳が立っていることに気がつき、ホッとする。

ステージの周りには子どもたちがたくさん集まっていた。

「ねえねえ。ふれあい会だって。ラビタンとダンスしたり握手《あくしゅ》したり……風船で動物を作ってプレゼントしてくれるみたい！」

キャッキャッとはしゃぎながら茉里奈が振り返った。その目は期待に満ちている。上目《うわめ》遣《づか》いで見られてしまえば、駄目だとは言えない。

茉里奈の相手をしている間に先に進んでいた瑤子たちに声をかける。

「ちょっと茉里奈を連れてラビタンのふれあい会に行ってくる」

「わかったわ。陸もお腹いっぱいになって寝《ね》たところだし、ベビーカーで私が連れてくね」

「なら、レオは私が持ってあげる」

「ありがとう」

瑤子と加里奈に陸とレオを預ける。三人のやり取りから、ふれあい会に行けると察知した様子の茉里奈が「やったー」と喜ぶ。

「じゃあ、服と加里奈の欲しい本を買ったら電話するわね」

「おう」

瑤子と加里奈に軽く手を振り、別行動をする。イベントスペースに行くため、エスカレーターを探すと、ちょうど見やすい場所に案内表示があった。

「あっちだな」

乗り口のある滑《すべ》り台《だい》のようなイラストに人が描かれたピクトグラムの下には、斜《なな》め下方向に向けて矢印が描かれている。魁は茉里奈と手を繋ぎ、表示の指示に従い歩いた。

休日なので通路も混んでいる。人を避《よ》けながら、ゆっくり歩く魁を茉里奈が急かす。

「早く一階に行こうよっ」

ラビタンのダンスショーはすでに始まっている。早く行きたくて我慢できないのだろう。

茉里奈は繋いだ手をするりと外し、エスカレーターに向かって走り出した。

「先にステージの前に行ってるね！」

「こら。危ないぞ」

行き先はわかっている。走るのは迷惑になるので、人とぶつからないように早足で追いかける。エスカレーターの手前で、ガラス手すりから下を覗く。すでに茉里奈はエスカレーターを歩いていた。

「ほんと、あいつはいつでも元気だな」

魁が苦笑していると、茉里奈はあと少しで一階に着くというところにいた。途端、茉里奈が降り口付近で、焦《あせ》ったように足踏みをし始める。そして、大きな声で叫《さけ》んだ。

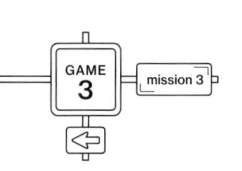

「やだやだっ！　ムリムリムリッ」

慌てたようにエスカレーターを逆走し出す。

「おい。みんなの迷惑になるだろ！　一階に降りなさい」

大声で叫ぶ魁に、茉里奈が激しく首を横に振る。

「ダメなの！　エスカレーターを降りられないのっ！」

髪《かみ》を振り乱し、なりふり構わず手足を必死に動かしている。全速力で駆け上がっているように見えるのだが、茉里奈の位置は、ランニングマンダンスを踊っているかのようにまったく変わらない。だんだんと茉里奈の顔が歪《ゆが》み、泣き始めた。泣き声はどんどん大きくなり、茉里奈の動きも激しくなる。

子どもの大きな泣き声が響《ひび》いているにもかかわらず、誰も助けようとしないどころか、声すらかけない。気づけば、エスカレーターには茉里奈以外誰も乗っていないのだ。周りの人たちは時が止まっているかのように動いていない。

「これは……またアイツか？」

グッと拳《こぶし》を握りしめる。茉里奈を助けられるのは自分しかいないと覚悟《かくご》を決め、魁はエスカレーターに乗ろうとした。

だが、足元に描かれたピクトグラムに気がつき、いったん立ち止まる。どれも赤い円の中に描かれており、赤い斜線が引かれていた。中に描かれたピクトグラムは、それぞれ、ベビーカーを押している女性に、エスカレーターで遊んでいる二人の子ども。エスカレーターから体を乗り出している人に、ステップをのぼっている人のようだ。

「ベビーカー……これは、カートも含《ふく》むんだろう。エスカレーターで遊ぶつもりもないし、体を乗り出したりもしない。最後のは……**逆走しちゃいけない**ってことだよな？」

頭の中で素早く判断し、魁は今度こそエスカレーターに乗ろうとした。

誰も動いていない不気味な状況《じょうきょう》の中、イベント会場ではラビタンのテーマ曲だけが響いている。魁がエスカレーターに足を乗せようとしたタイミングで、その陽気な曲のクライマックス部分と、誰かの声が重なった。

「ラビラビはピはピタンタンッ――プルルルルゥウウウウウッ」

エスカレーターと魁の間に、真っ白で大きな毛玉が立《た》ち塞《ふさ》がる。その大きな毛玉からは、ボフンッと音をたてて手足や耳が飛び出した。

「ダァアメでぇぇぇすヨォォォォ」

ある程度、この展開を予想していた魁は、驚きよりも怒《いか》りの感情が先に出る。

「何が駄目なんだっ。娘を危険な目にあわせやがってっ」

胸《むな》ぐらを摑む魁に、シグナールが両手を上げて、「まあまあ」となだめる。

「仕方ないじゃナイですカァア。あのコ。ルール違反しちゃったんですモン」

「ルール違反？　逆走したのは、エスカレーターがおかしくなったせいだろっ」

怒鳴《どな》りつける魁に、シグナールが「チッチッチッ」と首を横に振る。

「そうじゃありまセン。エスカレーターを歩いたコトがダメなんですヨォ」

「歩いた……こと？　え？　でも、通勤で使っている駅のエスカレーターでは、みんな片側をあけているんだぞ？　それに、その片側を、急いでいる人が歩いている光景を毎日目にしているんだ。それがルール違反だなんて誰も思わないだろっ」

八つ当たりするように吠えると、シグナールが両肩《りょうかた》を上げて、呆《あき》れたような声を出す。

「ソウは言っても……ホラ、ピクトグラムにも描いてありますし……」

シグナールは、魁が**逆走禁止**だと判断したピクトグラムを指さした。

「コレ、**歩行禁止**の注意喚起《かんき》ステッカーなんですよ」

それを聞いて魁は愕然《がくぜん》とした。全身から力が抜ける。シグナールが胸ぐらを摑む魁の手を外す。

「まあ、もっとも。あのコの場合は、エスカレーターに乗った時点で表示をキチンと理解してイナイってことで、アウトだったんですけどネェ……」

プップップッと鼻を鳴らしながら、シグナールが頭上を指さした。そこには下りエスカレーターのピクトグラムが表示されている。

「これがなんだっていうんだ。とにかく、俺は茉里奈を助ける。そこをどいてくれ」

泣きじゃくり、ずっと同じ場所で駆け上がろうとしている茉里奈のもとへ行くため、シグナールの横をすり抜ける。すると、こちらに向かって、手を伸ばす茉里奈の姿が見えた。その真後ろには、ぽっかりと黒い空間が見える。

「お父さん、助けてっ！」

愛する我が子の悲痛な叫びに戸惑《とまど》う暇《ひま》はない。魁はためらいもなくエスカレーターに足を乗せたのだが、強い力で首根っこを引っ摑まれた。

「放してくれ。娘がっ！　茉里奈がっ！」

手足をバタつかせ、放せとわめく魁に、シグナールがブゥゥゥと大きく息を吐く。

「アナタが行ったところで助かりまセン。残りのご家族のうち、誰か一人でいいんデス。この建物から出るコトができれば、バツを受けたコも助けてあげますヨォォォ」

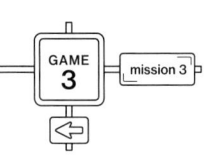

言い終わると同時にシグナールがいきなりエスカレーターの下に両手をかざした。

「ではではァァ……サヨォォォナラァァァッ」

シグナールが黒い空間に吸い込まれていく。途中、シグナールの腕が、茉里奈の腰を掴んだ。

「いやぁぁぁっ！　お父さん、助けてぇぇぇぇっ」

「ココを出るには、ルールと表示にきちんと従うしかありませェェェン。グッドラァァァァァック！」

茉里奈の叫びはシグナールの声にかき消された。

「茉里奈ぁぁぁっ」

エスカレーターの手前で咆哮《ほうこう》をあげながら、魁は跪《ひざまず》く。

真っ黒な空間は二人を吸い込むと、一瞬のうちに消え去った。

あっという間の出来事に、魁は言葉を失う。ふと、シグナールが指さしていたエスカレーターのピクトグラムが目に入る。

そのピクトグラムは、乗り口はきちんとあるが、降り口はない。傾斜《けいしゃ》部分の先端でスパッと途切れていた。

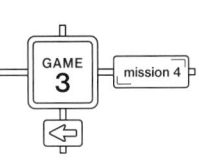

mission－4 ペット同伴禁止エリア

目の前で茉里奈を失った魁は、茫然自失《ぼうぜんじしつ》の様子でふらふらと通路の隅《すみ》に寄って座り込む。頭を抱え、奥歯《おくば》を噛《か》みしめる。

「くっそ……俺がついていたのに、茉里奈を失うなんて……」

もしかしたらあの着ぐるみからマップをもらった時点で、このおかしな世界に入り込んでいたのかもしれない。前髪を掻《か》きむしり、大きく息を吐く。それから、シグナールの言葉を反芻《はんすう》した。

「ここを出るには、ルールと表示にきちんと従うしかない。家族のうち、誰か一人でもこのモールから出ることが、茉里奈を助ける条件だって言っていたよな」

茉里奈が消えたことなどなかったかのように、喧騒《けんそう》が戻り、一階ではラビタンを囲んで写真撮影《さつえい》が始まっていた。どの家族もみんな笑顔で溢《あふ》れている。

「誰か一人が欠けても家族は成り立たない。絶対に茉里奈を助けるんだ」

魁はグッと拳を握りしめた。家族といえば、魁の他に、瑤子、加里奈、陸、レオが残っている。

陸は赤ちゃん、レオは犬だ。自分と瑤子でなんとかしたいが、最悪の場合は加里奈に頼《たよ》ることも考えなくてはいけない。悩む暇はない。すぐさま瑤子に電話をかけた。だが、十数回コール音を鳴らしても出ない。

「エスカレーターに近づいた俺と茉里奈だけが、シグナールの世界にいたのかもしれない。きっと、まだアパレルショップにいるよな」

魁は瑤子たちがいるであろう場所に向かって急いだ。


ショップに着くと、案の定、ショップの前のベンチで加里奈がレオの入ったキャリーを抱え、ベビーカーで眠る陸と一緒に待っていた。

魁は「ちょっと待っててな」と言って加里奈の頭を撫でると、ショップの中に足を踏み入れる。すぐにワンピースを物色している瑤子を見つけた。

「瑤子っ！」

背後から声をかけ、足早に近づく。思った以上に大きな声が出たせいか、瑤子がビクリと肩を震《ふる》わせて振り返った。

そのタイミングで腕を掴むと、瑤子がギョッとしたような顔をした。

「ちょっと、どうしたの？　そんなに怖《こわ》い顔して……」

魁の緊迫《きんぱく》した雰囲気と表情から何かあったことを察したのだろう。顔を曇《くも》らせた瑤子に早口で捲《まく》し立《た》てる。

「茉里奈がアイツに消されたんだっ！　早く助けないとっ」

「アイツって……さっきの着ぐるみ？」

「ああ。アイツ、ルールを破ったって言って、茉里奈を消したんだよ」

「そんな非現実的なこと、あり得ないでしょう」

シグナールの恐《おそ》ろしい姿を見ていない瑤子は信じる様子がまったくない。魁の話を笑い飛ばす瑤子に必死で言《い》い募《つの》る。

「こんな状況だ。バラバラで行動するよりも、家族で固まって、さっさとここから出よう」

「それ、本気で言ってる？」

「え？」

「アイツが、本当にこの世のものじゃないとか、別世界の生物だとか思っているの？」

瑤子に詰《つ》め寄《よ》られ、危機的状況にもかかわらず、魁はタジタジになる。お説教モードの妻に魁は逆らえたことがない。

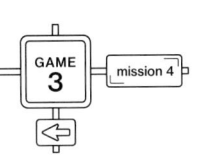

「そ、そりゃ、瑤子は実際に茉里奈が消えたところを見ていないから、そんな悠長《ゆうちょう》なことが言えるのかもしれないけどさ。お前だって見ただろ？　アイツがいきなり現れたり、消

えたりするのを……」

なんならお菓子の瞬間移動だって見たはずだと付け加えれば、瑤子が溜息《ためいき》を吐《つ》く。

「あんなのマジックかなんかでしょ。大方、また迷子になったんでしょ。最近仕事が忙《いそが》しかったから、幻覚《げんかく》か白昼夢でも見たんじゃないの。大体そんなことがあったら、いま頃《ごろ》モール中が大騒《おおさわ》ぎになっているわよ」

魁の提案は一刀両断され、まずはインフォメーションや迷子案内に連絡《れんらく》すべきだと怒《おこ》られる。

こうなった瑤子に逆らう術《すべ》はなく、魁は力なく頷く。それに、助けを求めるのは悪いことではない。再びフロアマップを取り出す。

インフォメーションも迷子案内所も一階にある。だが、二つは逆方向に位置していた。

しかも、迷子案内所周辺は赤い円形の中に、子熊のようなピクトグラムが描かれてあり、そこに赤い斜線が引かれている。

「これってなんだ？」

「テディベア？　そんなわけないわよね。動物が駄目ってことだろうから、**ペット同伴禁止エリア**ってことじゃない？」

瑤子と顔を見合わせ、魁は頷いた。

「じゃあ、どっちに行く？」

「陸は私が見たほうがいいでしょ」

「わかった。なら俺はレオを連れてインフォメーションに行くよ」

服を買うのを後にして、魁と瑤子はショップを出た。

ショップの前で待っていた加里奈と合流する。魁は加里奈を不安がらせないよう、手短にこれからのことを説明する。

「茉里奈が迷子になったから、お母さんとお父さんはそれぞれ、インフォメーションと迷子案内所に行くんだけど、加里奈はどっちについてくる？」

「また迷子なの？　まったく〜。さっきはお母さんについてきたから、今度はお父さんについていく」

レオのキャリーを持ち上げた魁の服の裾《すそ》を、加里奈が摑む。「うん。一緒に行こう」と魁は加里奈の肩をポンポンッと叩《たた》く。

「これで決まりね」

「ああ」

一階まで全員一緒に行動する。白昼夢だと言われても、茉里奈が消えた時の絶望感は本物だ。魁はエスカレーターの表示を慎重《しんちょう》に確認する。ベビーカーは折《お》り畳《たた》み、瑤子が陸を抱く。陸はぐっすり眠ったままだ。問題なくエスカレーターを降りたところで、ベビーカーに陸を戻した瑤子に声をかける。

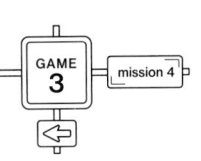

ね」

「はいはい。茉里奈のことだから、ラビタンにくっついてバックヤードに入ってたりして

「気をつけろよ」

魁の心配をよそに、瑤子は軽口をたたきながら、反対方向へスタスタと歩いていった。

少し進んだところで、魁は道順に不安を覚えた。

いったん止まり、フロアマップを取り出す。

「このエスカレーターで下りて、化粧品《けしょうひん》売り場を曲がっただろ……携帯《けいたい》ショップなんてあったか？」

首を傾げる魁をよそに、加里奈が横からフロアマップを覗き込み、ジーッと一点を凝視《ぎょうし》していた。あまりにも集中しているので、魁は気になり、声をかける。

「どうした？　何か気になるものでもあるのか？」

加里奈が見ている場所はインフォメーションではない。迷子案内所だ。

「やっぱりお母さんについて行きたかった？」

弱々しい声で尋《たず》ねると、加里奈は首を横に振る。

「ううん。ただ、この子熊のイラスト。パンツかオムツみたいなものを穿《は》いているでしょ？　なんでかなーって思って」

加里奈が指さすピクトグラムは、先ほど、瑤子と一緒にペット同伴禁止のマークだと判

断したものだ。

「子犬や子猫だけ禁止ってわけじゃないよな……」

加里奈に指摘《してき》されて、急にペット同伴禁止のピクトグラムに違和感を覚える。よく見ると、顔の部分にうっすらと円のようなものが見えた。

「これは……まさか、耳付きのフードを着た赤ちゃんのピクトグラム——つまり、**乳幼児同伴禁止**ってことか？」

加里奈に聞こえないよう咄嗟に口を押さえて呟く。魁は「そういえば」と思い出す。

黒い空間に吸い込まれる前に、シグナールは「ルールと表示にきちんと従うしかない」と言っていた。つまり、ルールを守るだけでなく、あちこちで目にする案内表示や記号といったものすべての指示を守らなくてはいけないということだ。

「瑤子と陸が危ないっ！」

思わず叫びそうになったが、すんでのところで言葉を飲み込む。こんな引っかけのような表示は見たことがない。シグナールは表示に罠《わな》まで仕掛《しか》けて、魁たちをこのモールから出さないようにしているのだと気がついた。

魁は加里奈を怖がらせないよう、柔《やわ》らかく微笑んだ。

「このマークはトイレの躾ができていないペットはお断りってことじゃないかな」

「あ。だからオムツが書いてあるのか」

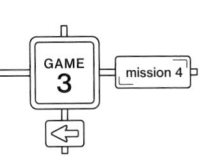

素直に納得する加里奈に、魁はいかにもいま気がついたと言わんばかりに「そういえば」と続けた。

「迷子案内所で茉里奈がいなくなった時の状況を話さなきゃいけないよな。状況を知らない母さんが話すよりも父さんが話したほうが正確に伝わると思うんだ。すぐに行ってくるから、ちょっとだけ、ここで待っててくれるか？」

「え？　私も一緒に行くよ」

「いや。加里奈はレオを見ててくれる？　狭《せま》いキャリーの中にいるんだ。あんまり動かすのもかわいそうだろ」

加里奈はレオのことを大事にしている。レオのことを言われたら、おとなしく頷くのは計算済みだ。案の定、加里奈はここで待つことに納得した。

魁は瑤子のもとへ急ぐ。館内で走るのもルール違反だと急に行く手を阻《はば》まれるかもしれない。大股《おおまた》かつ早足で、迷子案内所へ向かって進む。さっき降りたエスカレーターを過ぎた辺りから、ぞわっとするような冷気とともに、人気《ひとけ》がなくなってきた。しかも、やけに静かだ。

違和感を覚えながら歩いていると、ベビーカーを押す瑤子の後ろ姿が見えた。どうやらお昼寝から目覚めた陸がむずかっているようで、周囲の異変に気づいていないようだ。

「瑤子、ちょっと待った！」

大きな声で叫ぶが一足遅い。瑤子が驚きの表情で振り返る。その足はギリギリ『乳幼児同伴禁止エリア』手前にあったが、ベビーカーは禁止エリア内に入っていた。

ベビーカーを手前に引き寄せようと、魁は飛びつくように腕を伸ばす。それと同時に、プップププゥウゥンと、調子っぱずれな音が響いた。

「フロアマップの表示に従いましテェ、ココは乳幼児同伴禁止エリアになりマァアス。残念ながら、違反されましたので、奥サマとベービーちゃんは失格となりマァアァス」

悪ノリした不愉快《ふゆかい》な館内アナウンスが流れた途端、瑤子と陸の足元に穴があく。

「駄目だっ！」

魁の手はベビーカーに届くことなく、宙を切る。そして、何が起きたのかわからず声も

出ない瑤子と激しい揺《ゆ》れに泣き出した陸が穴の中に吸い込まれていった。それと同時にボンッと大きな音が鳴る。

ぽっかりと空いた穴からボフンッと白い煙が上がった。その煙の形は憎《にく》たらしいシグナールの顔そっくりだ。

魁はたれ耳ウサギの形をした煙を睨みつける。

「絶対に家族を返してもらう」

唇《くちびる》を噛みしめ、魁は震える拳を握りしめた。

mission－5 パーキング

立て続けに家族三人が目の前で消えたことで、魁はあらためて恐怖《きょうふ》を覚えた。

「トリックなんかじゃない。アイツはやっぱり、この世界の者じゃないんだ」

人知を超《こ》えた存在を相手に、モールのスタッフや警察なんか役に立つとは思えない。

シグナールは、家族のうち、誰か一人でもこのモールから出られれば、罰を受けた人も助かると言っていた。

誰にも頼れないのだから、その言葉を信じるしかない。

魁は踵《きびす》を返し、加里奈とレオのもとへ急いだ。先ほどと反対に、エスカレーターを過ぎた辺りから喧騒が戻ってくる。お昼を過ぎて、さらに人が増えたようだ。そして、言い聞かせた通りに待っている加里奈を見つけ、声をかける。

「あ、お父さん。お母さんと陸は？」

加里奈は、魁の背後を覗いて首を傾げる。真実を教えたところで、かえって不安にさせるだけだ。心苦しいけれど、魁はあえて嘘《うそ》をつく。

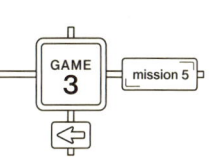

「お母さんと陸は館内で茉里奈を探すって。もう少ししたら館内放送もしてくれるはずだ」

「そっか。なら、インフォメーションはもう大丈夫ってこと？　私たちも探そうよ」

「うん。けど、レオがいたら、入れない場所もあるだろ？　今日はそこまで暑くないから、車で少し待っていてもらおう」

「わかった」

加里奈に不信感を持たれることなく、出口へと誘導《ゆうどう》することに成功した。

「東側出入口の近くにある駐車場なんだが……どうやって行くのが一番早いんだろう？」

早足で歩きながらポケットにしまったフロアマップを出そうとする魁を、小走りについてくる加里奈がクスクス笑う。

「なんのためのインフォメーションなの。すぐそこに案内スタッフの人がいるから、私、聞いてくるよ」

しっかり者なだけあって、加里奈はテキパキ行動する。持っていたキャリーを魁に預けると、すぐに案内スタッフのところまで行き、最短ルートを聞き出す。

「お父さん、こっちだって！」

手招きする加里奈のもとへ、キャリーを持っていく。ルートを聞いた加里奈が魁を先導する形で東側出入口を目指す。

人混みを縫《ぬ》うように五分ほど歩いていると、加里奈が前方を指さした。

「あ、あそこだ！」

自動扉《とびら》の上には『**東側入口**』と表示されている。扉の横の壁《かべ》には、『**P**』の文字と車のピクトグラムが描かれた表示が、「※調整中」の貼り紙とともに、逆さまになった状態でくっついていた。

『P』は駐車場を表すものだ。まだ半年しか経っていないのに、施工《せこう》不良でもあったのだろうか。少しの違和感に魁は首を傾げたが、何にせよ、この自動扉から屋外に出れば、三人を助けることができる。

魁は安堵《あんど》とともに逸《はや》る気持ちで、加里奈と一緒に自動扉を通り抜けた。

入口近くに止めた車にいったんレオを入れようと足を踏み出す。ポケットから急いで車のカギを取り出そうとした時、加里奈が驚いたように声をあげた。

「え？　お母さんと陸？　茉里奈も？　なんでもう車に乗っているの？」

車の中には、モール内でいなくなった三人がいた。曇り空だからか、車の中の様子は暗くて見えづらいが、シグナールが三人を返してくれたと思い、魁は嬉々《きき》として車に駆け寄った。

約束通り、シグナールが三人を返してくれたと思い、魁は嬉々として車に駆け寄った。

「さあ、今日は大変だったな。早く家に帰ろう」

魁が扉に手をかける前に、窓が開く。

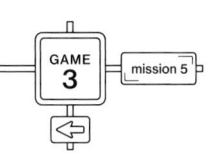

「お父さん、駄目っ！」

背中を引っ張られ、魁は尻餅《しりもち》をついた。その時、片手に持っていたキャリーを落とす。その拍子にキャリーの扉が緩《ゆる》み、レオが飛び出した。

「レオ、待て！」

地面に倒《たお》れたまま、レオに手を伸ばす。すると、その手を加里奈が摑んだ。

「ぐずぐずしている場合じゃないよっ！　早く逃《に》げなきゃっ」

顔を上げると、魁が立っていた場所に、瑤子たちが手を伸ばしていた。指がイソギンチャクのようにウネウネと動いている。

そのままでは何も摑めないことがわかると、車の中から無数の腕が伸びてきた。

「な、なんだよこれっ」

「早く逃げなきゃっ」

加里奈に腕を引っ張られて立ち上がり、そのままモールの入口へと走る。

だが、魁たちの前にドンッと音をたてて、シグナールが立ち塞がった。

「表示通りに進んだんですカラァァ……逃げちゃダメですヨォォォォ」

シグナールは魁たちの数倍の大きさになる。大きな口を開け、ギザギザの歯を露《あら》わにして、魁たちに襲《おそ》いかかる。

「うわぁぁっ」

丸のみされそうになった二人は、悲鳴をあげながら後退する。後ろは不気味な車から伸びる手、前にはカチカチカチッと歯を鳴らすおぞましいウサギに挟《はさ》まれた。

魁は怯える加里奈を抱きしめ、シグナールを睨みつけた。

「建物から出れば、瑶子も茉里奈も陸も助けてくれるんじゃなかったのかっ？」

大声で怒鳴る魁に、シグナールがキュッキュッと不機嫌そうに鼻を鳴らす。

「ルールや表示を守って、無事に建物から出れば――デスヨ？　アナタたちは残念ながら、い、い、い、い、い、出られていませんし、何より、『暗くなる』人生を選んだのはアナタたちですヨォ？」

シグナールがパチンッと指を鳴らす。すると、魁たちが通り抜けた自動扉の上や横の壁に表示されていたものが目の前に浮《う》かぶ。

「よぉぉぉく見てくだサイ。キミたちが出口だと思った扉。『東側入口』ですよネ？」

いちゃもんとしか思えないシグナールの言葉に反論も出ない魁に、シグナールが追い打ちをかけてくる。

「それにですネェ。このパーキングの案内表示。コチラ、逆さまになっていたでショウ？」

車のピクトグラムを指さし「転倒《てんとう》した事故車のようですよネ」と笑いながら質問するシグナールに魁だけでなく、加里奈も頷く。

「では、Pを逆さまにすると？」

にんまりと満足げに頷くシグナールが再び問いかけてきた。頭の中でPを百八十度回転

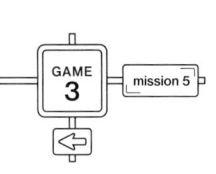

させる。

「d……」

ポツリと呟けば、シグナールが大袈裟《おおげさ》に「大正解！」と叫んだ。

「ソウデス！　ｐａｒｋｉｎｇではなくｄａｒｋｉｎｇ。つまり、『駐車場』から『暗くなる』に変わったんですヨォォォォ」

シグナールの腕がグンッと伸びる。その手は異様に大きい。右手左手、それぞれが魁と加里奈の腰を摑んで捕《つか》まえた。

「どのみち、このまま車に乗ったところで、表示の通りなら、キミたちの未来は交通事故死でお先真っ暗。でしたら、家族みぃぃんなで仲よく、永遠にココで過ごせばいいじゃないですカァァァァ」

グワッと耳の辺りまで口が裂《さ》けたシグナールが、魁と加里奈に食らいつこうとした。

二人は悲鳴をあげ、シグナールの手から逃《のが》れようと暴れる。そこに聞き慣れた鳴き声が響いた。

「ヴゥゥゥゥ……ワンギャンッ」

目の端に、小さな物体が全速力でダッシュしてくるのが映る。それはシグナールが浮かび上がらせた駐車場の案内表示に弾丸《だんがん》のように体当たりした。

ダンと大きな音をたて、表示が百八十度回転する。Ｐの文字も車のピクトグラムも正常な位置に戻った。

暗かった車内が明るくなり、うねうねした触手《しょくしゅ》がパッと消えた。同時に、魁と加里奈もシグナールから解放された。

「ハァァア。参りましたネェ」

いつのまにか普通《ふつう》の着ぐるみ程度の大きさに戻っていたシグナールが苦笑する。

「今回は大事な家族を守る忠実な騎士《レオ》のファインプレーで助かったと思ってくだサイ。ですが、アッシはいつまた現れるかわかりませンよ？　ですから、これからもルールはちゃあんと守ってくださいネエエェ」

罰を与えられなかった悔しさが滲《にじ》み出《で》ているシグナールの態度が気に食わなかったのだろう。レオがシグナールに吠えかかった。

「ギャンワンギャンッ」

「おおコワッ。人間のルールに縛《しば》られない存在にはアッシの力が通用しないんですヨォ」

レオに追いかけられたシグナールが、焦ったような声をあげた。その場でドロンと姿を消したと思ったら、シグナールと入れ替わりに、本物の瑤子と茉里奈、陸が現れた。

「よかった無事でっ！」

魁は涙声《なみだごえ》で叫ぶ。そして、シグナールを追《お》い払《はら》ったレオと、ベビーカーから抱き上げた陸を中心に抱きしめ合い、家族全員の無事を確かめ合った。

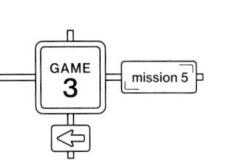

GAME
4

廃病院

〜 他の患者サマへの
迷惑行為は禁止デス 〜

CHARACTERS

一堂《いちどう》 希《のぞむ》

大学三年生。動画配信グループ『ミッドナイトフィルム』のリーダー的存在。
面倒見《めんどうみ》がいい。普段《ふだん》冷静だが、混乱するとミスをする

麻生田《あそうだ》孝史郎《こうしろう》

大学三年生。『ミッドナイトフィルム』メンバー。
ちょっと自分勝手なタイプでこだわりが強い

丸井《まるい》太郎《たろう》

大学三年生。『ミッドナイトフィルム』メンバー。おっちょこちょいで怖《こわ》がり

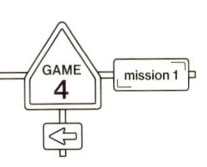

mission－1 階段

人気オカルト系動画配信グループ『ミッドナイトフィルム』のメンバー三人は、蔦《つた》で覆《おお》われた大きな建物の前に立つ。

月明かりと懐中《かいちゅう》電灯に照らされた建物は、不気味な雰囲気《ふんいき》に包まれていた。

「ここが『阿久比田《あぐいだ》病院』か……」

この病院では過去に、激務が続きノイローゼになった看護士が、点滴《てんてき》に消毒液を入れ、患者《かんじゃ》を大量死させた。看護士は患者たちが苦しみ悶《もだ》えるのを見て、笑いながら自殺したという。

事件後、病院内では幽霊《ゆうれい》が出るとか、入院中に精神状態が不安定になるという噂《うわさ》が流れた。その結果、経営不振《ふしん》となり、閉院を余儀《よぎ》なくされたと聞く。

ミッドナイトフィルムのリーダー的な役割をしている一堂希《いちどうのぞむ》は、仲間二人に声をかける。

「今回、この廃病院《はいびょういん》で心霊検証動画を撮影《さつえい》するってことに決めたんだけど……この病院は足を踏《ふ》み入《い》れるだけで呪《のろ》われるっていう噂だ。孝史郎《こうしろう》も太郎《たろう》も大丈夫《だいじょうぶ》か？」

当たり前だろというように頷《うなず》く麻生田《あそうだ》孝史郎の横で、丸井《まるい》太郎が眉《まゆ》を八の字に下げた。

「ここって電気、止めてあるんだよな？」

「廃病院だからな」

「なら、希の持っている電磁波測定器。なんでそんなに反応してんの？」

幽霊は電磁波を発しているという説がある。実際、心霊動画を撮影したタイミングで、電磁波測定器が大きく反応したという経験から、希はいつも電磁波測定器を持ってきていた。その電磁波測定器のメーターが振《ふ》り切《き》れている。

「中に入る入らない関係なく、すでに霊がそばにいるってことだよ……ね？」

呪いよりも、近くにいる霊のほうが怖《こわ》いようだ。何十回と心霊動画の撮影に携《たずさ》わっているくせに、太郎はいまだに心霊現象に慣れない。そんな太郎を孝史郎が鼻で笑う。

「いるってことは、視聴者《しちょうしゃ》が喜ぶ動画を撮《と》れるってことだろ」

孝史郎がカメラを構えた。その横で顔を青くする太郎の肩《かた》を、希は安心させるように叩《たた》いた。

「いつも通り、俺《おれ》たちがいるんだ。安心しろよ」

ニカッと笑ってみせると、太郎は少しだけホッとしたような顔で頷く。それから、手振《てぶ》れしないようにスタビライザーにセットしたマイクとカメラの電源を入れた。

撮影の準備が整ったところで、三人は病院の裏口へと近づく。

玄関《げんかん》はすりガラスのドアだ。中の様子はわからない。けれど、ドアの隙間《すきま》から冷気のようなものが漂《ただよ》ってくるような気がした。

誰《だれ》のものかわからないが、ゴクリと喉《のど》が鳴る音が響《ひび》く。そのタイミングで希はドアノブに手をかけた。

「開けるぞ」

玄関のドアの鍵《かぎ》が壊《こわ》れていることは事前調査で把握《はあく》済《ず》みだ。希はゆっくりとドアを押《お》した。ドアは九十度に開くと、開けたままにしておける。

希はドアを開けたままの状態にし、懐中電灯で中を照らす。

長椅子《ながいす》やソファがいくつも並んでいる。待合室のようだ。

廃病院になってから、まだ十年も経《た》っていない。床《ゆか》には医療《いりょう》関係のポスターが散乱している。天井《てんじょう》や壁《かべ》には落書きがされているものの、劣化《れっか》や破損が目立つところはない。

慎重《しんちょう》に足を踏み入れる希のあとを、太郎と孝史郎が続く。

「呪われるって言われている割には、いろんな人が足を踏み入れているっぽいな」

「うん。この様子だと幽霊なんかいないかもね！」

壁の落書きを見て、がっかりしたように溜息《ためいき》を漏《も》らす孝史郎とは反対に、太郎が明るい声を出した。そんな二人に希が呆《あき》れた声を出す。

「俺たちの目的は呪いじゃなく、心霊検証だろ。先に進もうぜ」

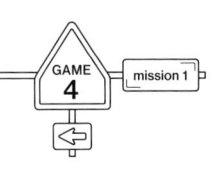

希の提案に孝史郎が「それもそうだ」と頷く。

「ところで電磁波測定器の反応は？」

「うーん。中に入ってからは無反応なんだよ」

「そっか。じゃあ、このフロアには何もないのかもしれないな」

「もしくは霊が違《ちが》うフロアに移動したのかもしれない」

「なら、上からか下からか。どっちから攻《せ》める？」

この病院は地下一階・地上三階建てだ。地下には霊安室や解剖《かいぼう》・標本室。ボイラー室にリネン室といったものがあり、地上部分にはいまいる待合室のほか、診察室《しんさつしつ》や検査・手術室、入院設備といったものがある。

廃病院内の探索《たんさく》ルートをあらかじめ考えてあった希は、孝史郎の問いに即座《そくざ》に答えた。

「霊の目撃談《もくげきだん》や、心霊現象が一番多いって言われている地下の霊安室から行こう」

「了解《りょうかい》。太郎もそれでいいよな？」

「嫌《いや》なことは早めに終わらせたほうが後から気が楽だし。霊安室からでいいよ」

満場一致《いっち》で地下に降りることが決定した。

三人は懐中電灯の明かりを頼《たよ》りに、案内表示を探す。

「あれだな」

壁に**階段**を下っている人を描《えが》いたピクトグラムと、その下に矢印が描かれているのが見えた。矢印に従って進めば、すぐに階段を見つけることができた。

「二人とも足元には注意して」

階段には埃《ほこり》やゴミが散乱していた。汚《よご》れや劣化が気になるので、手すりは持たない。足元を照らし、安全を確かめながら階段を下りる。

三人全員が階段を下りきったところで、急に電磁波測定器がギュイーンッと反応した。

「な、なんだこれっ！」

メーターの動きが０とＭＡＸをいったりきたりする。その動き方はあまりにも激しい。

困惑《こんわく》する希の後ろで太郎が震《ふる》え出《だ》す。

「うわうわうわぁ！　何かが来るっ！」

ボンッ！

太郎の叫《さけ》びと同時に電磁波測定器が音をたてて爆《は》ぜた。

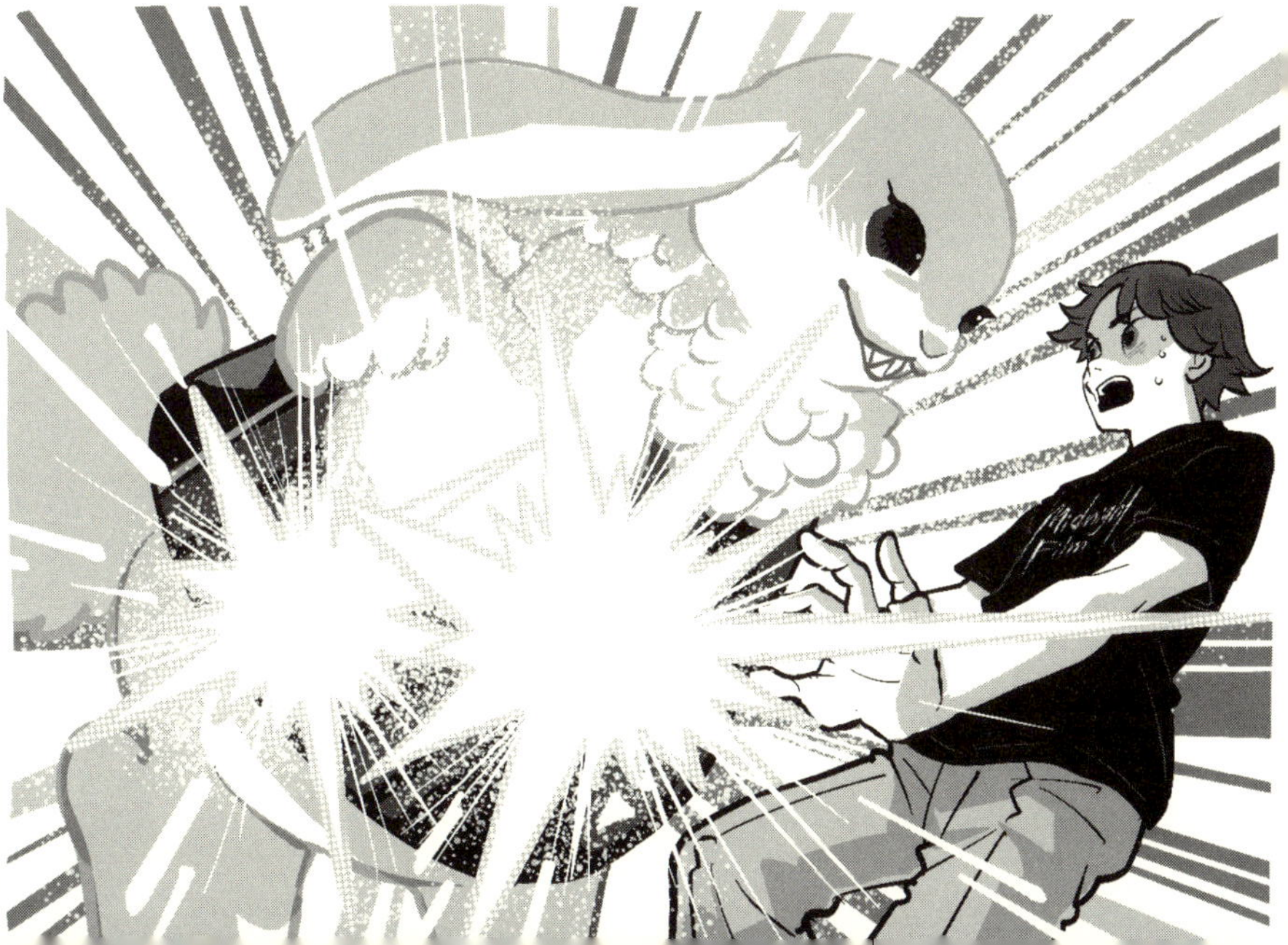

希は咄嗟《とっさ》に電磁波測定器から手を放す。すると、壊れた電磁波測定器が真っ白な毛玉に変化した。

いきなり毛玉が出てきて、三人は目を丸くする。何が起きたのかわからず、ポカンとする三人の前で毛玉から手足が飛び出した。それからピョコンと長い耳まで出てきたと思いきや、パンッと弾《はじ》けるようにして、毛玉がウサギの着ぐるみへと変わる。

「廃病院は、他人の私有地。許可なく入っちゃダメなんですヨォォォ」

大きな声で三人を注意する着ぐるみウサギの目は真っ赤《まか》だ。耳まで裂《さ》けた口からは、ギザギザに尖《とが》った歯と、真っ赤な舌がニュルリと覗《のぞ》いており、かわいさなど微塵《みじん》も感じられない。陽気でテンション高めな口調《くちょう》と凶悪《きょうあく》な顔面のアンバランスさが、かなり不気味だ。

いくら触《さわ》り心地《ごこち》のよさそうなもふもふっとした毛並みを持っていても、撫《な》でたいという気持ちにはなれない。それどころか、獰猛《どうもう》な熊に遭遇《そうぐう》したような危機感を覚える。

「逃《に》げるぞっ」

希のかけ声で、孝史郎と太郎が振《ふ》り返《かえ》るが、下りてきた階段がない。ただ、真っ白な壁だけがそこにあった。

非現実的な出来事を目《ま》の当たりにし、愕然《がくぜん》とする三人の背後で、プップップップップゥウゥウと楽しげに鼻を鳴らす音が響く。

「キミたちが下りてきた階段の案内表示、ちゃぁぁんと見ましたカァ？」

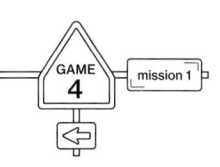

ウサギの着ぐるみが発した言葉に、三人は顔を見合わせ、首を傾《かし》げる。

「階段を示すピクトグラムは、階段に上っている人と下っている人、両方描かれているのが正解なんデス。デ・ス・ガ……キミたちが見たのは、階段を下りている人だけが描かれたピクトグラムでしたよネエエ」

着ぐるみウサギがニタリと笑う。希はまさかという気持ちで答える。

「もしかして……**下り専用階段**っていう意味だったのか？」

答えを言い終わらぬうちから、着ぐるみウサギが拍手《はくしゅ》する。

「そのとおりィイィ！　案内表示はきちんと見て、正しく読み取らないと、痛い目にあっちゃいますカラァ。気をつけてくださいネエエエ」

両手で乾《かわ》いた音を鳴らしながら、着ぐるみウサギが三人の背後を塞《ふさ》ぐ壁をうっとりと見つめる。逃げ道を塞がれた希たちは、恐怖心《きょうふしん》を少しでも和《やわ》らげようと自然と体を寄せあう。

希はリーダーとして、自分を叱咤《しった》し、震える声で着ぐるみウサギに問いかけた。

「お前の目的はなんだ？」

「アッシはシグナール。この世界の〝ルール〟の監視役《かんしやく》デス」

急に礼儀正しくお辞儀をする不気味な着ぐるみに、呆気《あっけ》にとられながらも、希は気になる台詞《せりふ》を復唱した。

「は？　ルールの監視役？」

「そうデス！　ルールを破ったキミたちにアッシは罰《ばつ》を与《あた》えなくてはいけませェエン」

私有地への無断侵入《しんにゅう》は違《い》法行為《ほうこうい》だ。だが、階段のピクトグラムに関してはルールというよりも、表示を正しく読み取れなかっただけである。

理不尽《りふじん》な言いがかりに、孝史郎が腹をたてる。

「いきなり出てきて、何勝手なこと言ってんだよ。警察でも裁判官でもなけりゃ、この土地の所有者でもないクセに、お前が俺たちに罰を与える権限なんてないだろ」

「そうは言いマシテも、ルールの監視役というのが、アッシの役目なので……こればっかりはどうしようもないんですよネェエ。ああ、でも。仏の顔は三度マデと言うように、ウサギの顔は二度マデ。ココまでの二つは見なかったコトにしまショウ！」

優《やさ》しいでしょと言うかのように胸を張るシグナールは、「その代わり……」と続けた。

「この病院から出るには、コレからルールやマナーを守り、案内表示を正しく理解し、利用しないと出られまセンからネェエ」

その時、上の階からバタンッと勢いよくドアが閉まる音がした。小説や漫画《まんが》でよくある、「●●しないと出られない部屋」ならぬ「ルールやマナーを守らないと出られない廃病院」を強制的に実行したシグナールは、希たちの返事や罵声《ばせい》を聞くことなく、スーッと暗闇《くらやみ》の中に溶《と》け込《こ》み、消え去った。

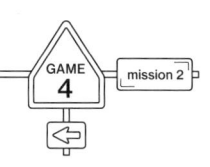

mission－2 多目的トイレ

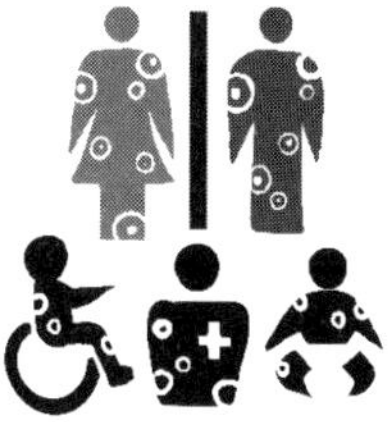

登場の仕方といい、着ぐるみとは思えない表情と動きといい、シグナールはこの世のものとは思えない。かといって、霊とも違う。不可解かつ危険な存在に感じる。言う通りにしないと、何をされるかわからない。

希はいったん撮影を中止して、阿久比田病院から脱出《だっしゅつ》しようと孝史郎と太郎に提案した。怖がりな太郎は激しく頭を縦に振って賛成したが、孝史郎はふてくされた顔をする。

「なんであんなヤツのせいで撮影を中止しなきゃいけないんだよ。だいたいアイツ……一方的すぎるだろ」

「まあでも、私有地に無断で侵入しているのは俺らだしな」

「それなら他の動画配信者全員も同じ目にあわせろっつーの」

「文句はあとにして、さっさとここから脱出しよう。じゃないと、また、あのヘンテコウサギが現れるかもしれないだろ」

シグナールへの文句が止まらない孝史郎をなだめながら、脱出ルートを話し合う。

「俺たちが下りてきたのは西病棟《びょうとう》の階段だ。たしか、東病棟にも階段があったはず。そこならきっと一階に上がれると思う」

「すぐそこにエレベーターがあるけど？」

「ばーか。廃病院でエレベーターが動くわけないだろ」

「あ、それもそうか」

意見が一致したところで、希は先頭に立つ。

「シグナールはルールを守れって言っていたよな……」

床を懐中電灯で照らす。廊下《ろうか》の真ん中には黄色の線が引いてある。右側には進行方向に向かって一定間隔《かんかく》で矢印が描かれてあり、左側は進行方向とは逆向きだ。

「念のため、一列に並んで廊下の右端《みぎはし》を歩いて進もう」

希の指示に二人は素直《すなお》に頷く。希のあとを、太郎、孝史郎の順番で続く。

すでに閉鎖《へいさ》されているとはいえ、一応病院なので、走ったり、騒《さわ》いだりしてもいけない。

三人は安全を確認《かくにん》しながら、静かに廊下を進む。

途中《とちゅう》、関係者以外立ち入り禁止と書かれた扉《とびら》や、いかにも怪《あや》しいという場所が目に入った。いつもなら、すぐに中に入って撮影するところだが、ルール違反になるので我慢《がまん》する。

長い廊下をひたすら歩くが、なかなか東病棟まで辿《たど》り着《つ》かない。

「さっきから同じ場所をグルグル回っている気がしないか？」

背後にいる孝史郎が焦《じ》れたように問いかけてきた。懐中電灯で周囲を確認すれば、似たような扉が続いている。同じところを歩いているような気がするのも無理はない。

「いいや。ボイラー室やリネン室は一度しか見ていないし、関係者以外立ち入り禁止と書かれた扉も、さっきの扉は小窓がついていたけど、この扉は重々しい鉄でできている。同じ場所を歩いているわけじゃないよ」

きちんと周りの状況《じょうきょう》を把握して歩いていた希の説明に、孝史郎が納得《なっとく》する。すると、希と孝史郎の間にいた太郎が焦《あせ》ったような声をあげる。

「ぼ、僕《ぼく》っ！　トイレに行きたいっ」

壊されるのを待っているだけの廃病院とはいえ、そこらへんで用を足すのはアウトだ。流すことはできないが、トイレを使うしかない。

希は先ほどトイレの案内表示を見たなと思い出す。二人に断りを入れて引き返して、すぐに目的の案内表示を見つけた。

案内表示に従い、廊下を左折すれば、**多目的トイレ**があった。

「太郎、あったぞ」

漏れそうだったのか、太郎が急いで駆《か》け込《こ》もうとした。それを孝史郎が止める。

「おい、マル。ちょっと待てよ」

「ふへ？」

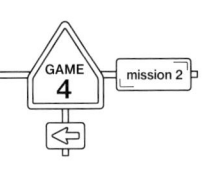

太郎は股間《こかん》を押さえ、トイレの入口で足踏みをする。早く早くと急《せ》かすような顔をする太郎をよそに、孝史郎が疑問を口にする。

「多目的トイレって普通《ふつう》の人が使ってもいいのか？」

孝史郎がトイレの入口に描かれたピクトグラムを懐中電灯で照らす。描かれているのは、男女、車椅子、オストメイト（人工肛門《こうもん》・人工膀胱《ぼうこう》）、おしめなどのピクトグラムだ。この病院オリジナルなのか、ピクトグラムの人を表現している部分が水玉模様に塗《ぬ》られているのが妙《みょう》に気になる。

だが、それよりもいまは、膀胱が破裂《はれつ》寸前の太郎のほうが大事だ。このままでは漏らしてしまうだろうと思い、希はすかさず答えた。

「健常者でも使えるって聞いたことがある。ここには俺らしかいないし、大丈夫《だいじょうぶ》だろ。太郎、お前、漏らす前に入っとけ」

捲《まく》し立《た》てるように言うと、太郎は慌《あわ》ててトイレに入った。

途端《とたん》、絶叫《ぜっきょう》が響く。ガタンバタンッと個室内で激しく暴れるような音がした。

「マルッ！」

「よせっ！」

太郎を助けようと、トイレに飛び込もうとする孝史郎を希が羽交《はが》い絞《じ》めにする。

「なんで止めるんだよっ！」

「中に何がいるかわからないだろ」

「っていうか、お前のせいだろっ！」

孝史郎が激しく暴れるせいで、希の腕《うで》は振りほどかれた。逆に胸《むな》ぐらを摑《つか》まれる。

「やっぱり多目的トイレを使っちゃ駄目《だめ》だったんじゃないかっ」

孝史郎が怒鳴《どな》り声《ごえ》をあげると、天井《てんじょう》から白い毛玉が一つ落ちてきた。それは孝史郎の頭にポフンッと当たった瞬間《しゅんかん》にバフンッと弾けた。辺りは真っ白な煙《けむり》に包まれる。

「多目的トイレでしたら、問題なかったんですけどネエエエ」

特徴的《とくちょうてき》な甲高《かんだか》い声に、希はビクリと肩《かた》を震わせた。胸ぐらを摑んでいた孝史郎の手も緩《ゆる》む。

だんだんと煙が薄《うす》くなっていくにつれ、自分たちよりもひと回り大きな、もっふもふの

白い着ぐるみウサギが現れた。

希と孝史郎は素早くシグナールから距離《きょり》をとる。警戒心《けいかいしん》を露《あら》わにすると、拗《す》ねたように口をすぼめた。

「ソンなに嫌《きら》わなくてもイイじゃないですカァ」

ピョンッと飛《と》び跳《は》ね、シグナールが希たちの前に顔を突《つ》き出《だ》す。

「コチラをヨォオォオク見てくだサイ」

トイレのピクトグラムへ目を向けるよう手のひら全体で指し示す。希たちはその手の動きにつられ、ピクトグラムをまじまじと見た。

「このトイレは多目的トイレではなく、**多目者トイレ**……つまり、目が多い者専用トイレなんですヨォォォ」

水玉模様だと思っていたものは、すべて目玉模様だった。

「ご覧の通り、コチラのトイレは人間用ではございまセン。ですから、罰として、中にいた『何か』に襲《おそ》われても、仕方がありませんよネェエェ」

プップププヒィィィと鼻を鳴らし、小躍《こおど》りするシグナールを孝史郎が憎々《にくにく》しげに睨《にら》みつける。

「案内表示を正しく読み取れって……そういうことかよ。こんなの詐欺《さぎ》だろ」

孝史郎が唇《くちびる》を噛《か》む。希も同じ気持ちだ。だが、相手は人間ではない。階段が壁に変わった時点で、案内表示に罠《わな》が仕掛《しか》けてあることぐらい考えておくべきだったのだ。

悔《くや》しさのあまり、希は壁を殴《なぐ》りたい衝動《しょうどう》にかられるが堪《こら》える。俯《うつむ》き、握《にぎ》りしめた拳《こぶし》を震わせていると、シグナールが「仕方ありませんネェエ」と同情したような声を出した。

「では、こうしまショウ。キミたちのうち、どちらか一人でも無事にここから脱出できれば、全員無事に帰してあげマァァス！」

シグナールの提案に希も孝史郎も飛びついた。

「本当かっ！」

「モッチロンですヨォォォ」

満面の笑《え》みを浮《う》かべたシグナールが両手を大きく広げた。そして、パンッと思いっきり手を叩く。

「それではゲーム、スタートッ！」

声高らかにゲームの幕開けを叫ぶと同時に、シグナールは弾けるようにして姿を消した。

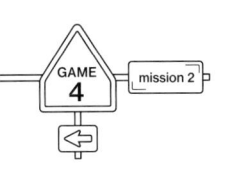

mission－3 FREE Wi-Fi

シグナールが消え、希と孝史郎だけになる。太郎のことで揉《も》めたばかりだ。なんとなく気まずいが、ここで互いに協力し合わなければ、誰一人助からないかもしれない。

希は孝史郎に向かって勢いよく頭を下げた。

「ごめん。得体の知れないヤツが出てきて、俺、冷静じゃなかったよ。お前の言う通り、太郎を引き留めるべきだった」

素直に自分の非を認めて謝罪すれば、孝史郎も慌てたように頭を下げる。

「すまん。俺も言いすぎた」

これで二人の喧嘩《けんか》は終了《しゅうりょう》だ。互いに苦笑いしながら、拳と拳を軽くぶつけ合う。

「で、どうする？」

「そりゃあ、階段を探して一階に戻《もど》るしかないだろ」

希は懐中電灯で周囲を照らした。少し離《はな》れた場所にエスカレーターがある。その横に院内案内図が見えた。

二人は一緒《いっしょ》にそこまで行く。院内案内図を確認すると、東病棟へは、これまでと同じように床の矢印に沿って進めばいいようだ。

東病棟にある階段の位置を把握しようとしていた希の肩を孝史郎が叩く。

「なあ、希。このエスカレーターを上れば一階に行けるんじゃないか？」

エスカレーターは停止している。動かないエスカレーターは階段と同じだ。

「そうだな。でも、使用上の注意書きがあるけど、どうする？」

エスカレーターの側面には、『歩行禁止』『乗り出し禁止』『ベビーカーやカート、車椅子の使用禁止』など、使用上の注意書きのステッカーが貼《は》ってある。

それを懐中電灯で照らせば、孝史郎が低く唸《うな》る。

「あのクソウサギ。動いていないエスカレーターでも、注意書きを守らなかったって言って、難癖《なんくせ》つけてきそうだよな」

孝史郎は「ここは最終手段にするか」と言って、小さく舌打ちした。

「じゃあ、東病棟へ行こうか」

希が先導する形で矢印や案内指示に従って廊下を進む。屋内だというのに、なぜか霧《きり》のようなものが出てきて一メートル先も見えない。

「はぐれないようにしよう」

二人は手を繋《つな》ぎ、懐中電灯の明かりを頼りに進む。足元の矢印すら見えない状況なので、

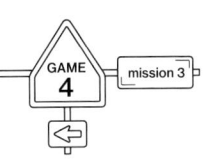

勘《かん》を頼りにまっすぐ進む。

大きな病院とはいえ、端から端まで普通に歩けば十分もかからない。どれだけゆっくり歩いても、二十分はかからないだろう。

だが、どれだけ歩いても東病棟に辿り着かない。

それどころか、再びエスカレーターの前まで戻ってきてしまった。

「嘘《うそ》だろ……」

希は頭を抱《かか》えた。平面を歩いているだけなので、体力はまだある。けれど、視界の悪い中、周囲だけでなく、ルールや案内表示にまで気をつけて歩いていただけに、気力的には限界だ。廊下の隅《すみ》でしゃがみこむ。

「なんだよ、この病院。俺たちを閉じ込めるつもりかよ……」

不可思議な霧に惑《まど》わされ、思うように進めない。このままでは東病棟に辿り着くことすらできなそうだ。

「なあ、孝史郎。お前の言う通り、エスカレーターを上って、一階まで行けるか試してみるか？」

「そうだな」

「でも、試すのは俺かお前のどちらか一人だけだ。二人一緒に上った瞬間、シグナールにルール違反と言われたら、誰も助からないからな」

希と孝史郎は目と目を合わせる。互いにどちらが行くか、無言で語り合った。

先に目を逸《そ》らしたのは孝史郎のほうだった。

「ここに来てから何時間経った？」

スマートフォンを取り出し、時間を確認する。すると、孝史郎は突然《とつぜん》、「あっ」と声をあげた。

それから懐中電灯で辺りを照らす。数歩先すら見えないほどの濃霧《のうむ》は、いつのまにか消えていた。

孝史郎は右足を軸《じく》にして、ぐるりと回り始めた。そして、ある一か所でピタリと止まる。

懐中電灯が照らしているのは、一つのポスターだ。

「よしっ！　スマホで助けを呼ぼう」

「は？」

いきなり突拍子《とっぴょうし》もないことを言い出した孝史郎に、希は間抜《まぬ》けな声を漏らした。

「なんでそうなるんだ？」

「だって、ここから出るのに外部の人間の力を借りたら駄目とは言われていないだろ？」

「それはそうだけど……」

「時間を確認しようと思ってスマホを見たんだけどさ。電波はしっかり届いているんだ。

それに、そこのポスターも見てみろよ。下のほうにフリーＷｉ－Ｆｉって書いてあるんだ

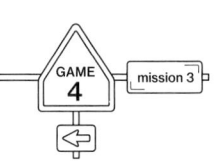

ぜ？　病院が閉鎖する前は、ここでスマホを使ったりしても問題なかったってことだろ」

孝史郎が照らしているポスターを見る。ポスターには赤い円の中にパソコンが描かれており、そこに赤い斜線《しゃせん》が引かれていた。

「表示を見る限り、パソコンは禁止っぽいぞ。スマホも駄目なんじゃないのか？」

「病院でも携帯《けいたい》電話使用可能な場所ってあるだろ？　パソコンは駄目でも、スマホは大丈夫だって」

希の忠告を無視して、孝史郎がスマートフォンを操作し始める。けれど、すぐに首を捻《ひね》った。

「おかしいな……」

「どうした？」

「いや。電話もメッセージアプリも使えないっぽい」

スマートフォンの画面を見ると、モバイル接続での電波状況は悪くない。何度も電話をかけるが、時々コール音は鳴るものの、すぐに切れてしまう。

「まさか、このポスターもシグナールが作ったものなのかも？」

「だったらこのＷｉ－Ｆｉを使えってことか？」

希の言葉に孝史郎が即座に反応する。フリーＷｉ－Ｆｉの設定を確認しようと、ポスターに近づいた。

「ん？　ちょっと待てよ……このＷｉ－Ｆｉ、**FREE**じゃなく**FLEE**だ」

「は？　どういうこと？」

会話だけでは意味がわからず、希はポスターに駆け寄る。そして、意味を理解した。

「ＦＲＥＥは自由、ＦＬＥＥは逃げる……だ。ここでは自由に電波が使えるんじゃなく、電波を逃がしているってことなんだろうな」

いくら電波が届いていても、その電波が逃げてしまえば使えない。つまり、ここで通信機器は使えないということだ。

「ったく、マジで使えねぇっ」

両手で握りしめたスマートフォンで、孝史郎が自分の額をコツコツ叩く。すると、その音に合わせて、タンッタタンッと軽快な足音を鳴らしてシグナールが現れた。

「使えないのはキミのほうですヨォォォォ」

華麗《かれい》にターンを決めるシグナールに二人は呆気にとられる。その間に、シグナールが孝史郎の手からスマートフォンを奪《うば》う。

「おいっ！　返せよ！」

咄嗟に手を伸《の》ばす孝史郎を、シグナールがバク転しながら避《よ》ける。

「ダァアメでぇぇすヨォ。このポスターが意味するものはパソコン禁止ではなく、そちらの彼《かれ》が言った通り、**電子機器使用禁止**デス。電子機器の中にはモチロン、スマートフォン

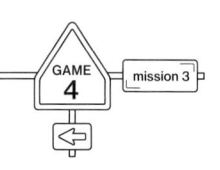

も入っていますカラァァ」

ププププヒィィィと高らかに笑うと、シグナールがスマートフォンを操作し始めた。ヴぉんヴぉんヴぉんヴぉんという不気味な音が響くと、画面から白い触手《しょくしゅ》のようなものがいくつも出てきた。それは、にゅるにゅるにょろにょろとした動きで孝史郎に向かって伸びていく。

「う、うわっ！　く、くるなっ！」

白い触手から逃《のが》れようと、孝史郎は廊下を西に向かって走り出す。しかし、シグナールは狙《ねら》った獲物《えもの》は逃がさない。ぴょーんと飛び跳ね、孝史郎の前に立ち塞がった。

「ルールを破ったんですカラ……ちゃぁぁんとペナルティを受けてくださいネェェ」

シグナールが孝史郎に向かって、印籠《いんろう》のようにスマートフォンをかざした。触手は孝史郎の全身に絡《から》みつくと、一気にスマートフォンの中に引き込んだ。

あっという間の出来事に、希は助けるどころか悲鳴すらあげることができなかった。

呆然《ぼうぜん》と立《た》ち尽《つ》くす希の前に、シグナールが戻ってきた。

「せっかくキミが忠告してアゲたのに、ザンネンでしたネェェ」

そう言いながら、シグナールが孝史郎のスマートフォンを差し出す。放心状態のまま、希は無意識にそれを受け取った。そして、画面を見て固まった。

「キミの健闘《けんとう》を祈《いの》ってますからネェェェ」

応援《おうえん》しているような言葉とは正反対の、挑《ちょう》発的《はってき》な声だ。しかし希の耳には入らない。

スマートフォンの画面には、内側から拳を叩きつけ、必死で何かを叫んでいる孝史郎の姿が映っている。声は聞こえない。けれど、口の形で何を言っているのかわかる。

『ここから出してくれ』

希はスマートフォンをギュッと握りしめ、しばらくの間、その場でうずくまった。

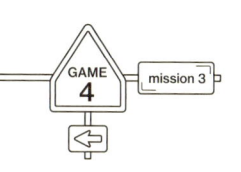

mission－4 障害物に注意

些細《ささい》なミスで仲間二人を失い、自責の念に駆られていた希は、パンッと両手で頬《ほお》を叩く。

「こんなところに座《すわ》っていても仕方ないっ」

気合いを入れた希は、これまでのことを思い返す。

太郎も孝史郎もルールやマナー違反ではなく、案内表示や案内ポスターに仕掛けられた罠によって消された。

ということは、シグナールはこの世のルールやマナーに関しては手を加えることはできないが、案内表示や案内ポスターを自分に都合よく手を加えることができるということだ。

「案内表示やポスターを見たら、すべてを疑えってことだな」

希は孝史郎のスマートフォンをポケットに入れ、ゆっくりと立ち上がる。

ここからは頼れる仲間はいない。希は、無事にここから脱出することだけに集中する。

一歩足を踏み出すたびに、前後左右、床や天井を懐中電灯で照らす。何もないことを確認してから、大股《おおまた》で一歩踏み出し、また同じことを繰《く》り返《かえ》す。亀《かめ》よりも遅《おそ》い歩みだが、それでも罠に嵌《は》まるよりマシだ。

シンッと静まり返った館内に、希の足音と息遣《いきづか》いだけがやけに響く。空気がやけに冷たく感じて手を擦《さす》る。なんとなく妙な気配が近づいてきているような気がして周囲を見渡《みわた》すが当然、誰もいない。

体感気温は寒いぐらいなのに、緊張感《きんちょうかん》で額から汗《あせ》が滲《にじ》み出《で》る。汗が頬を伝うと、それを拭《ぬぐ》うかのように、ひんやりとしたものが頬に触《ふ》れた。

「ひっ！」

小さな悲鳴をあげる。すると、耳元でか細い女性の声で「ソッチは駄目よ……」と呟《つぶや》かれ、ひんやりとしたモノが手に触れた。

途端、ゾワリと毛が逆立つ。怖くて走って逃げたい衝動に駆られるが、これまで注意してきたことが水の泡《あわ》になってしまうと思い、

踏みとどまる。

「南無阿弥陀仏《なむあみだぶつ》南無阿弥陀仏……」

希は目を瞑《つむ》り、両手を合わせて必死で念仏を唱えた。女性はその間も、「ソッチは駄目よ」「行っちゃ駄目」と呟き続けるが、パチンッと一回だけラップ音がしたと同時に、一瞬で気配が消えた。

霊らしきものから解放された希は、大きく息を吐《は》く。

「シグナールのせいで忘れていたけど、ここは心霊スポットだったな……」

片手で汗を拭い、気持ちを落ち着かせる。霊にとり憑《つ》かれる前にさっさとここから出たい。だが、急いては事を仕損じると自分自身に言い聞かせ、希はゆっくりと一歩を踏み出した。表示も何もないことを確認してから、また一歩を踏み出す。

繰り返すこと何十歩目だろうか。懐中電灯で天井を照らした時に、表示記号のようなものを発見した。

「え？　二つもあるんだけど……」

天井からは三角形と逆三角形の表示記号が吊《つ》るされていた。どちらも黄色地に黒い縁取《ふちど》りがされている。

そのどちらにも人が障害物によって転ぶ寸前のようなピクトグラムが描かれていた。

「これって**足元注意**ってやつだよな？」

希はまっすぐ続いている廊下を、進行方向に向けて懐中電灯で照らす。段差も障害となる物もなければ、穴が空《あ》いているところもなさそうだ。

「いきなり床に穴が空いたり、隆起《りゅうき》したり……何かに足を摑まれたりするかもしれないから、念には念を入れながら進もう」

進入禁止だとか、迂回《うかい》しろという表示はない。このまま進んでも問題ないはずだ。

希は覚悟《かくご》を決めて一歩踏み出そうとした。が、妙な引っかかりを覚え、中途半端に上げた足を元の位置に戻す。

「ちょっと待てよ。三角形と逆三角形の表示には何か意味があるのか？　どちらも描かれているのは同じピクトグラムだよな」

表示記号の形が気になっていた希は、もう一度、記号の意味について考える。

「三角形と逆三角形。正しい向きと逆さまの向き……足元注意が正しい向きなら、その逆は……」

そこで希はハッとした。

「人を逆さまにした時、一番下にくるのは頭。つまり、**頭上注意**ってことだ！」

閃《ひらめ》いた瞬間、希は天井に懐中電灯をあてる。すると、いままさに、上から大きく真っ白な獣《けもの》のような手が希を摑もうとするところだった。

「うわっ！」

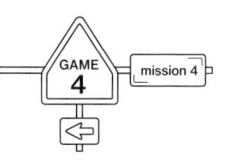

瞬発的に飛《と》び退《の》くと、鋭《するど》い爪《つめ》が希の前髪《まえがみ》を掠《かす》めた。

間一髪《かんいっぱつ》のところで獣の手から逃れることができた希の耳に、プップップッという不機嫌《ふきげん》そうに鼻を鳴らす音が聞こえた。

バッと身構え、希は天井を見上げる。

すると、天井からにょきりとシグナールが頭を出していた。下に向かってだらりとたれた耳が、鼻を鳴らすたびにピョコピョコ動いている。

かわいらしい耳の動きと、忌々《いまいま》しそうな表情とのアンバランスがかえって恐《おそ》ろしい。

「プックククゥゥゥッ！　ギリギリではありましたが、ウマク回避《かいひ》できましたネェ」

あからさまに残念そうな顔をするシグナールの横からは、希を襲った手が生えていた。位置的にみて、それはシグナールの手だったようだ。

シグナールが人一人摑めるほど大きくした手を、元の大きさに戻す。そして、自分の口元に手をあて、鋭い爪をベロリと舐《な》めた。

「でもまだ次のチャンスがありますカラ――」

これまでテンションが高く、甲高い声で喋《しゃべ》っていたシグナールの声が、急に低くなった。鼓膜《こまく》をザラリと撫でるようなシグナールの声で、ゾワッと肌《はだ》が粟立《あわだ》つ。

肩をぶるりと震わせた希を見て、シグナールは目を細める。それからニタリと笑うと、天井の中へスーッと戻っていった。

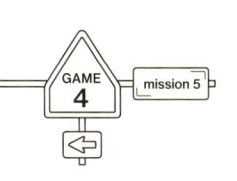

mission－5 非常口

すんでのところで危機を回避した希は、恐怖のあまり足がすくんで、その場から動けずにいた。頭を掻《か》きむしり、情けない声を出す。

「マジでアイツ。なんなんだよ」

シグナールはわずかな違反や判断ミスも許さないとばかりに、絶好のタイミングで現れる。

こちらの一挙手一投足すべてを監視されているかのような居心地の悪さを感じて、希は周りをぐるりと見渡した。

進行方向に続く廊下を懐中電灯で照らす。だが、光は遠くまで届かない。真っ黒な暗闇が続いている。このまま進んだとして、本当に東病棟に辿り着けるのかと不安を覚えた。

「シグナールは天井から出てきたってことは、天井裏にも通路があるのか？　もしかして、隠《かく》し階段や通路があるんなら、それを使えば……」

そこまで考えて希は首を横に振る。

「いいや。アイツのことだ。隠し通路は関係者以外が入ったらアウトだとか言って、難癖をつけるに決まってる」

ペナルティを告げる耳障《みみざわ》りな声を思い出し、希は「アイツに消されるぐらいなら、霊にとり憑かれたほうがまだマシだな」と苦笑《くしょう》した。それから、先ほどの霊を思い返す。

いきなり現れた霊の存在にプチパニックになっていたものの、冷静に考えると、あの霊からは悪意のようなものは感じなかった。冷たい感触ではあったものの、希の汗を拭う霊の手は、どこか労《いたわ》るように優しかったように思う。声も恨《うら》めしいというよりも、どちらかと言えば心配するような、忠告するような口調だった。

「それにあの音。ラップ音というよりも、誰かが指を鳴らしたような音だったよな。まるで、霊を消すための合図みたいに……」

希はそこで「まさか」と思った。希には除霊や浄霊《じょうれい》の能力はない。ここには希とシグナールしかいないのだから、消去法でシグナールが霊を消したことになる。

目立ちたがり屋で、ここぞのタイミングで現れるシグナールのことだ。希を助けるためであれば、派手に登場して霊を消したあと、自慢《じまん》げな顔をしたに違いない。

だが、シグナールは自分の仕業《しわざ》だと気づかれないように霊を消した。それはつまり、霊がシグナールにとって都合の悪いことをしたということに他ならない。

「あの女の人の霊がしたことと言えば、俺を労り、このまま廊下を進むのを止めたことぐらいだよな？」

東病棟に進むのを止めたことが不都合だというのであれば、この先に進まないほうがいい。なんなら、別のルートがあるということだ。

希は頭をフル回転させる。

「西病棟の階段は消えた。東病棟へは行くなという。エレベーターもエスカレーターも使えない。天井も駄目……って、他に何かあるのか？」

病院だけでなく、ビルやマンション、ホテルの構造を頭に浮かべる。

災害時ではエスカレーターもエレベーターも停止する。使えない経路や封鎖《ふうさ》される階段もある中、一番重要な脱出経路を思い出した。

「そうだ！　そうだよ！　**非常口**があるじゃないか！」

嬉々《きき》とした声を出し、希はあちこちを懐中電灯で照らして非常口を探す。

非常口や非常階段は、建物の隅っこにあることが多い。たいていの場合、非常口という緑色の表示マークの下に扉がある。扉の向こう側に非常階段なり、非常梯子《はしご》や非常通路が設けてあるので、普段は目につかない。

希は東病棟に向かうのをやめて、非常口マークを探しながら歩く。

「東病棟にも西病棟にも非常口はあるはずだ。東病棟に行けないのであれば、西病棟に戻ればあるのかもしれない」

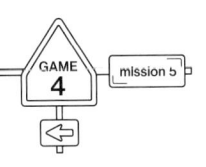

希はいま来た道を戻ることにした。

とはいえ、慌ててミスを犯したら元も子もない。自分一人で行動するようになってから、希は常に注意深く周囲を観察してから進むことを心がけていた。焦る気持ちを抑え、一歩一歩確認しながら戻る。

必要以上に警戒しながら進む。お陰《かげ》で、かなり精神を削《けず》られる。それこそ、一分が十分にも二十分にも感じられるほどだ。

それでも集中力を途切れさせることなく進むこと十分ちょっと。ようやく、緑地に白い文字で『非常口』と書かれた非常口誘導《ゆうどう》灯を見つけた。建物に電気が通っていないので、もちろんライトは点《つ》いていない。

懐中電灯で照らし、怪しいところはないか確認する。

少し離れた位置からでも、掠れているところや、汚れが目立つ。非常口の文字の下を照らせば、『ＥＸＩＴ』の文字が書かれている。明かりを横に移動させると、文字の横には白い縦長の長方形の中へと駆け込む人のピクトグラムも描かれていた。

「ＥＸＩＴは出口や逃げ道っていう意味だし、『ひじょう』も『非情』でも『非日常』でもなく、ちゃんと『非常口』と書いてある。それに、ピクトグラムも、非常口から出てきている人じゃなく、駆け込んでいる人だ。問題ないな」

仲間を消され、散々怖い目にもあった上に、少しも警戒を緩めることなく神経をすり減らしてここまで進んできた希は、一気に駆け出したい気持ちを抑える。

「家に着くまでが遠足だって言うように、ここを出るまでは油断できない」

キュッと口元を引《ひ》き締《し》め、希は慌てず、騒がず、非常口へと慎重に近づいた。

非常口のドアにはカバーがついていた。カバーには文字が書いてある。

『非常の際には、カバーを割ってサムターンをまわしてから、ドアノブをまわしてください』か……」

現在、この廃病院では火事も地震《じしん》も起きていない。希は小さく唸る。

「何か事故があったわけでもないから、割っていいものか……でも、このまま地下をぐるぐる回っているだけじゃ、俺は一生ここから出られない。これって命に関わることだから非常事態とみなしても問題ないはず」

絶対に大丈夫とは言い切れない。けれど、希はこの判断は間違っていないと自分自身に言い聞かせながらカバーを割った。不安と緊張から手汗が止まらない。ドキドキしながらドアノブをまわす。

ガチャリと音をたててドアが開いた。ゆっくりとドアを引けば、そこには上へと続く階段がある。

「よかった……俺の判断は間違ってなかったんだ」

安心感から大きく息を吐く。そして、希は玄関のある一階に向かって急ごうと、ドアの

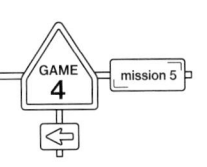

中に入った。

その直後、ガタンッと足元が揺《ゆ》らぎ、体がぐらりと揺れる。

地震かと思い、すぐさま手すりに摑まろうとした。だが、上下から床と天井が一気に押し寄せ、希は悲鳴をあげる間もなくグシャリと潰《つぶ》された。

グチャリゴキュリゴキリッ――。

生々しい咀嚼音《そしやくおん》が響く中、シグナールが非常口の前に現れた。点くはずのない非常口誘導灯の青白い光に照らされた白い体が不気味に揺れる。

「最後の最後で油断してしまいましたネェ。本来の非常口のマークは、明るい光が差し込んでいる戸口を示すデザイン。長方形の戸口の下には、床部分にも光が伸び、避難している人の足の影《かげ》まで描かれているんデス。ソコに気がつけば、もしかしたら、コチラにも気がつくことができたカモしれまセンでしたネェエ……」

シグナールが非常口誘導灯をチロリと見上げた。ふわりと宙に浮くと、誘導灯の汚れを拭う。

非常口を示す白い長方形部分の汚れが落ちるにつれて、下から、細かく尖った歯のようなものがびっしりと描かれているのが浮き出てきた。

「この非常口は『思い設《もう》けぬ異常な口』――心の準備すらできない異常な口に、駆け込んでいる人を描いているんですヨォ。自ら大きくて異常な口の中に入っちゃウンですカラ。

タベられても仕方ありませんよネェ」

堪えきれないとばかりに、プープープープーッとシグナールが楽しげに鼻を鳴らす。

真っ暗闇の廃墟《はいきょ》の中で、シグナールの笑い声とグチャリゴキュリゴキリッ——という生々しく気味の悪い咀嚼音だけがいつまでも響いていた。

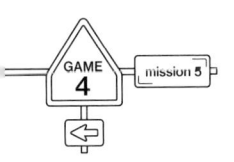

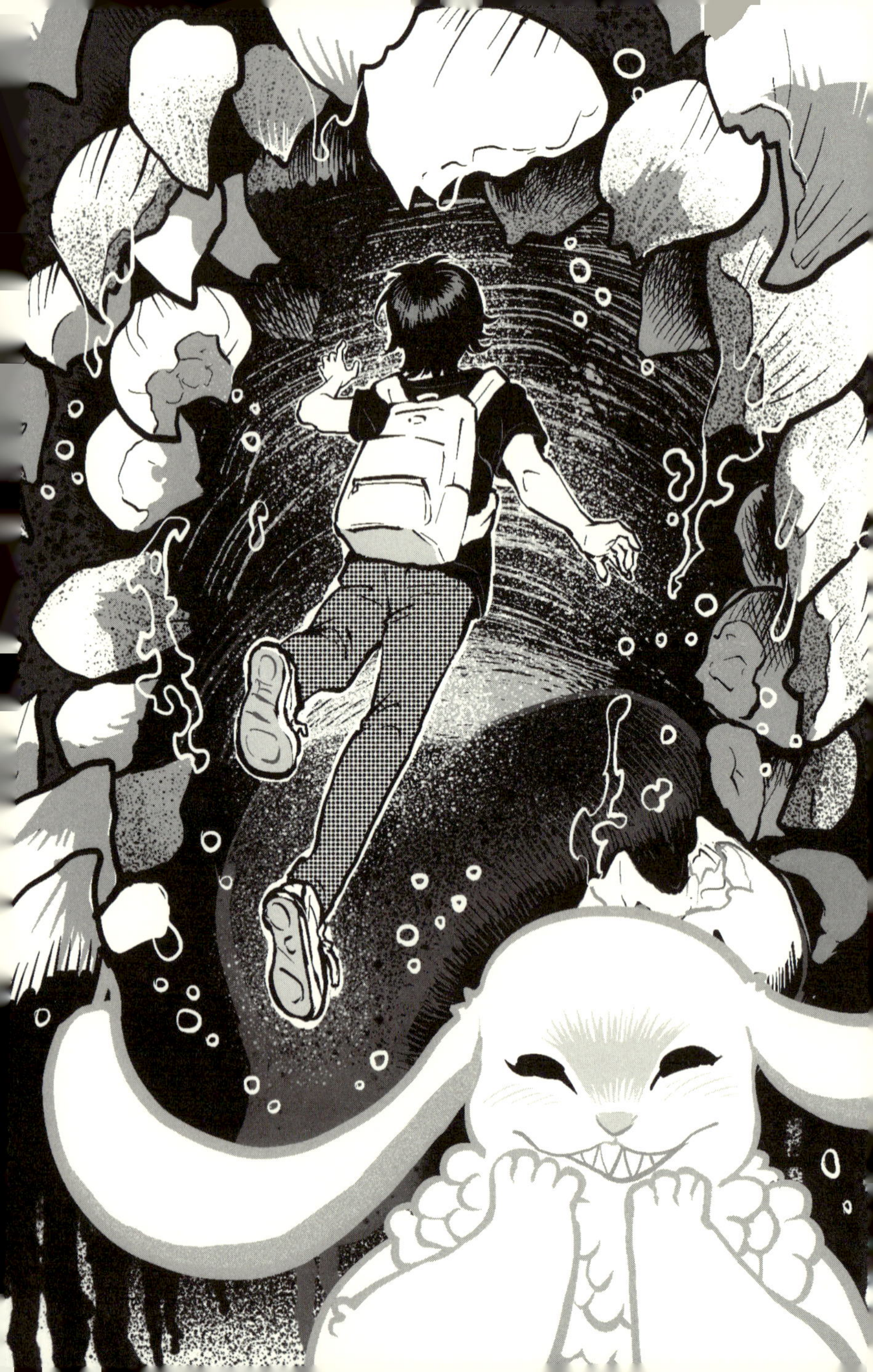

GAME
5

人のいない村

〜人目がなくても
ルールは守りまショウ〜

CHARACTERS

村《むら》賀《が》陽《はる》斗《と》

小学四年生。好《こう》奇《き》心《しん》旺《おう》盛《せい》

村賀大《だい》翔《と》

陽斗の兄。中学二年生。真《ま》面《じ》目《め》で臆《おく》病《びょう》

村賀航《こう》大《だい》

陽斗たちの父親。正義感が強く、行動力がある

村賀亜《あ》里《り》沙《さ》

陽斗たちの母親。慎《しん》重《ちょう》派《は》だが、思いもよらない出来事があるとパニックになる場合もある

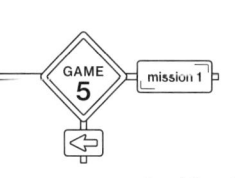

mission－1 立入禁止

暑さも落ち着き、すっかり秋めいた頃《ころ》。村賀《むらが》陽斗《はると》は家から車で数時間の山にあるキャンプ場へ家族とやってきた。

父の航大《こうだい》の仕事は平日休みのため、夏休みや冬休みといった長期休暇《きゅうか》以外は、一緒《いっしょ》に旅行や遊びにでかけることがなかなかできない。そこで、陽斗と兄の大翔《だいと》は「自然と親しむ」という名目で、平日に学校を休んでも欠席扱《あつか》いにならない、最近始まった制度・ラーケーションを取得した。

キャンプのハイシーズンである夏が過ぎているとはいえ、キャンプ場は休日ともなればまだまだ混んでいる。だが、麓《ふもと》に大小の村が広がる山の中腹にあるこぢんまりしたキャンプ場は、宣伝なども一切《いっさい》していない知る人ぞ知る穴場だ。さらに平日ということもあって、村賀一家以外には二組しかいなかった。おかげで、森に囲まれた広場でのびのびと過ごせる。

有料エリアにある森の遊歩道の探索《たんさく》や川での釣《つ》りはあとにして、まずはバーベキューを楽しむ。

タープテントを張ったり、火起こししたり、食材を切ったりするのも、みんなで協力し合う。わいわい言いながら準備をするのも、バーベキューの醍醐味《だいごみ》だ。

あっという間に準備が終わり、食材を焼いていく。

肉も野菜も家の近所のスーパーで買ったもので、高級な食材ではない。けれど、普段《ふだん》とは違《ちが》うロケーションや、燃え上がる焚火《たきび》、澄《す》んだ空気といったものが最高のスパイスとなって、特別美味《おい》しく感じる。

小学四年生の陽斗も、中学二年生の大翔も育ち盛りだ。もともと食欲旺盛《おうせい》だが、この日はいつも以上によく食べた。

「めっちゃ食べた。お腹《なか》いっぱいでつらい」

「俺《おれ》も調子こいて食べすぎた」

パンパンになったお腹を擦《さす》る陽斗と大翔を見て、母の亜里沙《ありさ》がクスクス笑う。

「いつもの二倍は軽く食べたからね。そりゃあ、お腹も苦しくなるわよ。腹ごなしに片付けを手伝ってちょうだい」

明日は陽斗も大翔も学校だ。航大も仕事があるので今日中に帰らなくてはならない。亜里沙の一声で片付けを始める。

陽斗と大翔は食器類を片付けたあと、ゴミを集めた。

十七時にここを出れば、遅《おそ》くとも二十一時には帰宅できる。まだ時間はあるので、これから釣りや森の探索をする予定だ。ドリンク類の入ったクーラーボックスやタープテント、アウトドア用のチェアは帰る直前にしまえばいいと言われた二人は、手持ち無沙汰《ぶさた》になる。

「ねえ、父さん。早く釣りに行こうよ」

火の始末やバーベキュー道具の片付けをしている航大を待ちきれず、陽斗は声をかけた。

「片付けが終わったらな。まだ手伝いは残ってるぞ」

バーベキューコンロを片付けながら、航大が顎《あご》をしゃくる。示されたほうを見れば、使わない道具や荷物を少し離《はな》れた場所に停《と》めた車に運ぼうとしている亜里沙がいた。

陽斗と大翔は「わかった」と返事をし、亜里沙のもとへ駆《か》け寄《よ》る。

「母さん、手伝うよ」

大翔が亜里沙の横に並んでスマートな動作で亜里沙の手から荷物を奪《うば》い、そのまま車へ向かう。自分も何か手伝えることがあるかもしれないと思い、陽斗は二人のあとをついていくことにした。

車は雑木林《ぞうきばやし》を抜《ぬ》けた先の駐車場《ちゆうしやじよう》にある。鳥の囀《さえず》りや、虫の音《ね》が心地《ここち》いい。見慣れない植物もたくさんある。好奇心《こうきしん》旺盛な陽斗はキョロキョロと顔を動かしながら、小道を進む。

すると、視界の端《はし》に白い何かが横切ったような気がした。反射的に目で追うと、それは茂《しげ》みの中へと飛《と》び込《こ》んだ。

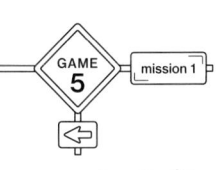

いったいなんだろうと思い、陽斗は茂みをかき分けあとを追う。森の中を進むと、ガサガサッという音をたてて、右前方にある茂みが揺《ゆ》れた。

「そっちか！」

茂みへと目を向けると、波が引いていくように茂みの揺れが遠ざかっていく。逃《に》がしてなるものかと、陽斗はザザザッという重い葉擦《はず》れの音を頼《たよ》りに走り出すが、すぐに茂みが途絶《とだ》えた。茂みから白い塊《かたまり》が飛び出す。それを見た陽斗は、すぐさまそのあとを追いかけた。

だが、それも束《つか》の間《ま》のことで、すぐに黄色と黒のストライプ模様のテープによって、進路を遮《さえぎ》られた。

テープには**『立入禁止』**のプレートも吊《つ》るされている。

家でも学校でも、常日頃からルールやマナーに関しては口酸っぱく言われている。普段であれば決してルールを破ることはない。けれど、陽斗が立ち止まったタイミングで、警《けい》戒《かい》用のテープの向こう側で真っ白なウサギが立ち止まった。小さくてモフモフしたかわいらしいウサギだ。真《ま》っ赤《か》な目を潤《うる》ませて陽斗を見つめている。その目にひきつけられるようにして、陽斗はテープの下をくぐった。

腰《こし》を屈《かが》め、姿勢を低くして、ゆっくりと近づく。

一歩、二歩、三歩——あと少しでウサギに手が届くといった時だった。

「陽斗！　そっちは危ないぞ！」

大きな声を出す大翔に肩《かた》を摑《つか》まれた。振《ふ》り返《かえ》れば、陽斗の突発的《とっぱってき》な行動に気がついた亜里沙が航大も呼んだのだろう。家族全員がこの場に集結していた。

「まったく。いきなり森の奥《おく》へ走っていくからびっくりしただろ」

「そうよ。それにここって多分有料エリアでしょ。キャンプ場に着いてすぐ、有料エリアの使用手続きは済ましてあるけど……一応、このエリアに入るには、決められたところから入らないと駄目《だめ》なんだからね。いったん出るわよ」

呆《あき》れた顔をする三人の声はかなり大きい。驚《おどろ》いたのかウサギが飛《と》び跳《は》ね、木陰《こかげ》に隠《かく》れた。

「ちょっと！　あと少しで捕《つか》まえられたのに、兄ちゃんたちのせいで逃げちゃっただろ」

頰《ほお》を膨《ふく》らませ、陽斗はウサギが逃げていった場所を指さす。途端《とたん》、ボンッと音がし、白い煙《けむり》が上がった。

「オンやぁ？　ココは立人《たちびと》禁止ダよぉ？」

煙の中から二本足で立つ真っ白なウサギの着ぐるみが現れた。

真っ赤な目には光が一切宿っていない。プククッと笑うウサギの口からは、鋭《するど》く尖《とが》った歯が覗《のぞ》いている。あまりにも不気味な容姿にゾッとし、陽斗は大翔にしがみつく。

二人の横では小さな悲鳴をあげて震《ふる》える亜里沙を航大が抱《だ》きしめていた。

航大は警戒心を露《あら》わにしながら問いかける。

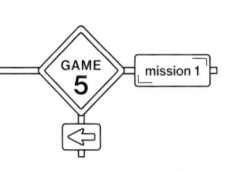

「お、お前は誰《だれ》だ？　それに『たちびときんし』っていったいどういうことなんだ？」

「アッシはシグナール。この世界の〝ルール〟の監視役《かんしやく》をしているんですヨォ。キミたち、プレートをちゃんと見ましたよネェ？」

　シグナールが黄色と黒のストライプ模様のテープを指さす。そこに吊るされているプレートを航大だけでなく、村賀家全員がまじまじと見た。

「……立入禁止じゃない。**立人禁止**だ」

　家族のうち、誰が呟《つぶや》いたのか定かではない。もしかしたら、一家全員、同時に発したのかもしれない。

　見たこともない表示に呆然《ぼうぜん》とする四人に向かって、シグナールが両手で口元を押《お》さえ、プックククゥウゥウゥと笑う。

「ネエ。ちゃぁあんとプレートには『人』が

入っちゃダメだって書いてありましたでショウ？　ココは有料エリアですので、『立入禁止』ナノは、関係者や有料エリア使用許可を得た人以外だと思ったカモしれませン。デ・ス・ガ……そもそも、ココは『人』が入っちゃいけない場所。アッシは人ではアリマセンから問題アリませんが——キミたちは人デスから、完全なルール違反《いはん》となりマァァス」

目を三日月のような形にさせたシグナールは、困惑《こんわく》したまま固まる村賀一家に向けて、さらに続けた。

「ルールを破ったら罰《ばつ》を与《あた》えなきゃイケないんデス。デ・ス・ガ……いきなりルール違反には罰がありますと言ったところで、納得《なっとく》デキませんよネェ？」

シグナールの言葉に陽斗たちは全員、同意するように激しく頭を縦に振る。すると、シグナールがうんうんと頷《うなず》いた。

「そうでショウ、そうでショウ。アッシも鬼《おに》や悪魔《あくま》じゃありまセン。特別にチャンスをあげますネエェ」

「チャンス？」

訝《いぶか》しげな顔をして、航大が気になる部分を復唱した。それに対し、シグナールがパンッと手を打ち、村賀一家全員の顔を見渡《みわた》しながら答える。

「ええ。キミたちのうち、一人でも、この山から出ることができればキミたちの勝ちとなりマス。ですが、山から出るまでの間、標識や表示の指示に従うことはモチロンのこと、

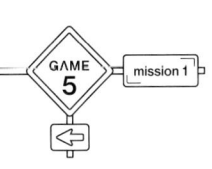

ちゃーんとルールを守ることが必須《ひっす》条件デス」

勝手に話を進めるシグナールに村賀一家は混乱する。家族全員で顔を見合わせる。そして、一家の大黒柱である航大がシグナールに詰《つ》め寄《よ》った。

「ソレってどういう――」

「ゲームスタート！」

村賀一家の意見や質問など聞く耳を持たないのだろう。航大が質問を言いきらぬうちに、シグナールは指をパチンッと鳴らした。次の瞬間《しゅんかん》、陽斗たちは意識を失う。

森の中には「キュッキュッキュッキュッ」というかわいらしい鳴き声がいつまでも響《ひび》いていた。

mission－2 落石注意

大木に背を預け、座《すわ》っている状態で陽斗は目が覚めた。隣《となり》には大翔が同じような姿勢で寝《ね》ている。航大と亜里沙は少し離れた場所で、木の根を枕《まくら》に横たわっていた。

「ちょっと兄ちゃん。起きてよっ！」

大きな声を出しながら、陽斗は大翔の体を揺する。

「う、ううん……なんだよ……」

不機嫌《ふきげん》そうな声を出しながら、大翔が重たそうに瞼《まぶた》を開く。目を擦《こす》り、寝ぼけている大翔を放置して、陽斗は両親のもとへ駆け寄る。

「父さんも母さんも起きてっ！　さっきの不気味な着ぐるみウサギが、僕《ぼく》たちを眠《ねむ》らせて、山の中で置き去りにしたみたいなんだよ！」

航大と亜里沙の体を揺すりながら、陽斗は切羽《せっぱ》詰《つ》まった声で捲《まく》し立《た》てる。亜里沙はうっすらと目を開けた。瞳《ひとみ》に陽斗の顔が映ると、ハッとした表情で飛び起きた。その横で航大がゆっくりと上体を起こす。まだ眠気が残っているのか、頭を激しく横に振っている。

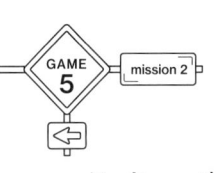

二人よりも先に覚醒《かくせい》した大翔が、地面に座ったままの体勢でビクビクしながら周囲を見渡す。

「こ、ここはどこだ？」

木々が生《お》い茂《しげ》る山の中は、どこも似たり寄ったりだ。けれど、先ほどいた場所は、近くに警戒用テープが張られ、見える範囲《はんい》に小道もあったが、どちらも見当たらない。鬱蒼《うっそう》と緑が生い茂る獣道《けものみち》があるだけだ。

「ここ、さっきの場所とはまったく違《ちが》う場所だよね？　僕たち、帰れるの？」

不安になって陽斗は大翔に声をかけた。すると、突然の出来事に動揺《どうよう》しながらも、震える手で大翔がスマートフォンを取り出した。

「こういう時こそ、文明の利器だろ」

スマートフォンのスリープモードを解除する大翔のそばに陽斗は戻《もど》った。しゃがみこんで大翔が持つスマートフォンの画面を覗き込む。電波は届いていない。

「救援《きゅうえん》を呼ぶのは無理か……」

小さく舌打ちする大翔の横で、陽斗はがっかりする。そんな弟を元気づけようと、大翔は無理やりニカッと笑ってみせた。

「諦《あきら》めるのはまだ早いぞ。スマホの電波がなくても、位置情報はわかるはずだ」

事前にダウンロードしておいた地図を画面に表示させた大翔が、ＧＰＳを起動させた。

だが、まったく反応しない。

「スマホの電波が届かなくてもGPSは使えるはずなのに……」

画面を何度かタップするが、フリーズ状態のままうんともすんともいわない。再起動させて、もう一度試みるが、結果は同じだ。

「兄ちゃんのスマートフォン、壊《こわ》れてるんじゃない？」

「いや。父さんたちのも駄目だな」

「トンネルや高層ビルの間とか、密集した樹木の中では使えないって聞いたことがあるわ」

陽斗の気落ちした声に後ろから覗き込んでいた航大と亜里沙が答えた。大翔は振り返ると、二人の手にあったスマートフォンを借りる。何度か画面をタップしたり、サイドにあるボタンを押したりしたあと、がっくりと肩を落とす。

「ここがどこかもわからないんじゃ、どうにもならないよ……」

スマートフォン三台を持ったまま、大翔は頭を抱《かか》え込《こ》んだ。

電波が届かないので救援を呼ぶこともできない。それに、自分たちがどこにいるのかわからないため、下手に動くこともできない。航大と亜里沙もどうしたものかと考え込む。

重い沈黙《ちんもく》が流れる中、陽斗は周辺をキョロキョロと見渡す。すると、木々の間に山には不釣り合いの白と黒のコントラストを見つけた。看板のようだ。

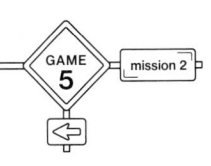

「ねえ。アレってなんだろう？」

陽斗が指をさすほうへ、みんなが注目する。

「標識？」

亜里沙が首を捻《ひね》る。そこで航大が「あっ」と声をあげた。

「そうだ！　アイツは俺たちのうち、一人でもこの山から出ることができれば、俺たちの勝ちだって言っていた。つまり、これはアイツが作ったゲームなんだ」

意味がわからずポカンとする三人に、航大がさらに続けた。

「だいたい、俺たち全員をこの場所に運んでくるなんて、あの着ぐるみ一人では、どだい無理な話だろ。絶対に他にも仲間がいるはずだ」

突拍子《とっぴょうし》もないことを言う航大に、亜里沙がまったをかける。

「まって。私たち、犯罪か何かに巻き込まれたってこと？」

「犯罪とは違うんじゃないかな。ほら、映画なんかでよくあるだろ？　奇妙《きみょう》なゲームに巻き込まれた人たちの行動を隠しカメラで撮影《さつえい》して、動画サイトにアップするとか、賭《か》け事《ごと》に使うとか……」

迷惑《めいわく》系動画配信者や、炎上《えんじょう》系動画配信者の中には、再生回数さえとれればいいといって、関係のない人たちを巻き込む人もいると聞く。とはいえ、まだ納得していない様子で眉間《みけん》に皺《しわ》を寄せる亜里沙に、もともとアクションゲームやホラー映画好きな航大はさらに続ける。

「シグナールとかいう奴《やつ》はルールや標識、表示に従えって言っていた。つまり、言《い》い換《か》えれば、標識や表示の指示に従って、ルールを守れば山から出られるってことだろ」

何かよからぬことに巻き込まれているとしても、いまある情報を頼りになんとかするしかない。あの不気味なウサギの言う通りであれば、山から出られるルートが用意されているはずだ。

航大の考えを信じることにした三人は顔を見合わせて頷いた。さっそく陽斗は提案する。

「じゃあ、まずはあの看板みたいなものを確認しようよ」

四人全員で看板に近づいた。なだらかな半円の上に、三本の波線が描《えが》かれている。波線は左右が長く、真ん中が少し短い。

「これって、温泉マーク?」

亜里沙が首を傾《かし》げる。

「そうだと思うけど……なんかおかしいのか?」

顎に手をあて、亜里沙は少し考えるような素振《そぶ》りをしたものの、すぐに「ううん。全部怪《あや》しく見えちゃうだけで気のせいかも……」と言って首を横に振った。

「それより、この山に温泉なんかあったかしら?」

「さあ。でも看板に表示されてるってことは、あるってことだろ」

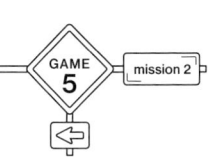

看板の上には矢印が描かれている。温泉がある場所なら、山の麓《ふもと》に通じる道がありそうだ。うまくいけば、旅館や土産物《みやげもの》屋があり、そこで救助を要請《ようせい》できるかもしれない。

航大と亜里沙の意見は、矢印に従い、温泉のある場所へと向かうことで一致《いっち》した。

陽斗と大翔も両親に賛同し、すぐに出発する。

なだらかな傾斜《けいしゃ》を下ると、獣道から人一人が通れるほどの小道に変わった。航大を先頭にし、陽斗、大翔、亜里沙の順で小道を進む。

「ようやく道らしい道に出ることができたな」

「看板に従って正解だったみたいね」

希望が見えてきたことで、足取りが軽くなる。ズンズン先へと進むとざあざあという音が聞こえてきた。

「水の音？」

いったんそこで立ち止まる。カーブの向こう側に木造の橋があった。音の原因が川であることがわかり、航大たちは再び歩き出す。

橋を渡ると、今度は上り坂が続いている。一本道なので、そのまま上流へ向かって進む。右は切り立った斜面、左には柵《さく》が施《ほどこ》されていた。柵から下を覗けば、川が流れている。

「ねえ……本当に温泉があるのかな？」

陽斗は川を見ながら、素朴《そぼく》な疑問を口にした。航大が首を捻る。

「何か気になるのか？」

「なんか、ざあざあという音が、ごうごうって……どんどん激しい音になってる気が……」

そこで航大は柵から顔を出した。下を流れる川の音が森に反響《はんきょう》しているのだと思い込んでいたのだが違った。上流ならではの激しい流れではあるものの、轟音《ごうおん》を鳴り響かせるほどではない。しかも、音は進行方向から聞こえる。

この先に何があるのかわからない。このまま進むべきか、引き返すべきかみんなの意見を聞こうと航大が口を開くよりも先に、亜里沙がパンッと手を叩《たた》いた。

「あの温泉マーク、湯気の部分の長さが違っていたから違和感があったんだわ！　本物は左右の波線よりも真ん中の波線が長いの。でも、私たちが見たものは違っていたでしょ？」

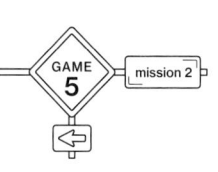

「うん！　左右が長かった！　僕、覚えてるよ！　なんか川っていう漢字に似てるなって思ったもん」

　亜里沙の話に素早く反応した陽斗の言葉から、航大が目を見開いた。

「川の下に半円って――滝壺《たきつぼ》に見えるよな」

　この先に滝があるのなら、この音にも説明がつく。しかし、滝がある場所というのは、たいてい行き止まりだ。このまま進んでも山を下りることはできない。無駄な体力を使わないためにも、早々に引き返すべきだ。

　航大が亜里沙に声をかける。今度は亜里沙を先頭にして、いまきた道を戻ることにした。

「また振り出しか……」

　しょんぼりする陽斗の肩を航大が元気づけるように叩く。

「今日はラーケーションだろ。山で生き残るサバイバルゲームだと思えば、気持ち的に楽になるだろ」

「まじで父さん、ポジティブすぎっしょ」

　苦笑《くしょう》する陽斗の頭を航大がぐしゃぐしゃにかき混ぜる。

「なんでも前向きに考えたほうが楽しいからな」

　明るい航大のおかげで、行き止まりに誘導《ゆうどう》されて気落ちしていた三人に笑顔《えがお》が戻る。それから五分ほど歩くと、黄色いひし形の標識を見つけた。

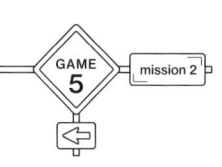

「こんな標識、来る時あったかしら？」

首を傾げる亜里沙の背後から、航大が標識を見上げた。標識には崖《がけ》から丸い岩が、落ちてくるようなイラストが描かれている。岩を崖の上から地面へと順番に四つ描くことで、岩が上から落ちてくることを表しているようだ。しかも真ん中の二つの岩の上には、落下スピードを表すような斜線が描かれている。

「これは**落石注意**だな」

この標識に関しては、それ以外考えられない。みな斜面の上を警戒しながら歩く。

注意しながらゆっくり進んでいると、パラパラと小石や砂利が斜面から落ちてきた。

「ねえ、これって落石の前兆じゃない？」

「ああ。標識の通り、危ない道みたいだ。早くここを通過しよう」

四人は歩くスピードを速めた。斜面をチラチラと確認しながら歩いているものの、早く安全な場所に出なくてはと、気が急《せ》いて注意力が散漫《さんまん》になる。

焦《あせ》っている時ほど事故が起こりやすい。斜面ばかりを気にしていた陽斗の足元にゴツゴツした岩が現れた。

「うわっ」

躓《つまず》く陽斗を、真後ろにいた航大が咄嗟《とっさ》に手を伸《の》ばし、抱え込んだ。しかし、屈《かが》んだ勢いと陽斗の体重でバランスを崩《くず》す。航大は岩の上に乗せた左足を滑《すべ》らせ、足首を捻った。

「うっ」

低く唸《うな》りながらも、航大は体を捻る。そして、陽斗をかばうように背中から地面に倒《たお》れた。

「父さんっ！」

倒れた航大の腕《うで》から抜け出した陽斗は、慌《あわ》てて近寄ってきた亜里沙と大翔と一緒に航大の顔を覗き込んだ。

「大丈夫《だいじょうぶ》だ」

笑顔を見せ、航大が立ち上がろうとした。だが、すぐに呻《うめ》き声《ごえ》をあげてうずくまる。

慌てたように亜里沙が跪《ひざまず》き、航大の左足のズボンの裾《すそ》をめくって、息を呑《の》む。足首が赤黒く変色し、パンパンに腫《は》れていた。単なる捻挫《ねんざ》ではないと一目でわかる。

「コレは捻挫どころか、骨にヒビがはいっているカモしれませんネエエ」

ここにはいないはずの第三者の飄々《ひょうひょう》とした声に、四人はバッと勢いよく顔を上げる。すると、なんの前触《まえぶ》れもなく現れたシグナールがしゃがみこむ陽斗たちと一緒に、航大の足をジッと見つめていた。

「落石注意の標識ダッテ、わかっていたのニィィ……なぁんで、落石のおそれがあるっていう意味だけ捉《とら》えて、斜面ばかりを気にしちゃったんデスかァァァ……」

いかにも残念だと言わんばかりにシグナールが溜息《ためいき》を吐《つ》く。そして、目をまん丸にしている陽斗たちに標識の意味を説明し出す。

「落石注意は、落ちてくる石ダケじゃなく、落ちている石や岩にも注意が必要なんデス」

ふるふると首を横に振りながら、陽斗が躓いた岩を指さしたシグナールが、さらに芝居《しばい》がかった声を出す。

流れるようなトークに口を挟《はさ》む隙《すき》がない。もはやシグナールの独壇場《どくだんじょう》だ。

「アッシはルールさえ守ってもらえれば、ソレでいいんデス。ナニも、キミたちにケガを負わせタリ、苦しめタリするつもりはナイんですヨォ」

たれている耳をさらにだらりと下げて、申し訳なさそうな雰囲気《ふんいき》を醸《かも》し出《だ》すシグナールは、「デモォ……」と続ける。

「ルールはルールです。本来ナラ、オトウサンはココで消えてもらうんデスが、今回は半分正解半分不正解というコトで、ペナルティはその怪我《けが》というコトにしといてあげマス。次からは気をつけてくださいネェェ」

一転して小憎《こにく》たらしい顔をするシグナールが、さも恩を着せるような言い方で非情なことを告げた。四人は呆気《あっけ》にとられる。彼《かれ》らが正気を取り戻し、文句の一つでも言おうとした頃には、すでにシグナールの姿はそこにはなかった。

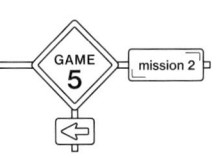

mission－3 踏切標識

シグナールが消え、再び山道に取り残された四人は、これからどうするべきか話し合うことにした。状況確認《じょうきょうかくにん》のため、航大がみんなに問いかける。

「あのウサギ。俺たちのうち誰か一人でも山から出ることができれば、俺たちの勝ちだって言っていたよな？」

全員が頷くのを見て、航大は自分の足首に目をやる。

「俺がいたら足手まといだ。お前たちだけで山を出て、助けを呼んできてくれ」

すぐそばにしゃがんでいた亜里沙が、航大の手を握《にぎ》る。

「そんなっ！　こんなところにあなたを置いていけないっ！」

パニックになる亜里沙に、航大は首を振る。

「ここでじっとしていれば、ルール違反もクソもないだろ。むしろ、俺の安全は確保されているようなもんだ」

眉毛を下げて苦笑する航大からは、妻と子どもたちに負担をかけさせることへの罪悪感が見て取れた。だが、間髪《かんはつ》いれずに亜里沙たち三人が航大の考えを否定する。

「何言ってるの。相手の目的がなんなのかわからないのよ？」

「そうだよ。相手は着ぐるみを被《かぶ》ってて、顔すらわからない。しかも、こんな大掛《おおが》かりな仕掛けをするような連中だ。何かの撮影なのか企画なのかわからないけど、父さんが一人になった時点で、何かされる可能性はゼロじゃないよ」

「ホラー映画を観《み》てた時、集団で行動していた人が、いきなり一人になった時、『あ、死亡フラグがたったな』って、父さん、いつも言ってたじゃん。こういう時は、みんなで行動したほうがいいって！」

三人が一気に捲し立てる。どれも、一人になるなと説得するものだ。足の怪我は思ったよりもひどい。左足に負担をかけないよう、誰かの肩を借りなくては歩けないだろう。

困ったような顔をする航大の手を亜里沙がギュッと握る。

「別々に行動すれば、それこそ、あなたのことが気になって、ルールや標識に集中できないわよ。それで、焦って失敗するかもしれない。第一、私たちが無事に山を下りれるかどうかもわからないんだから……ここは、家族全員、一緒に行動すべきだと思うわ」

亜里沙の横に立つ大翔もまた、「俺が肩を貸すから」と航大の横に跪《ひざまず》く。

ここまで言われたら、一緒に行かないという選択肢《せんたくし》はない。

「どこの誰だかわからない変な奴らの思い通りにはさせるもんか。みんなで無事にこの山

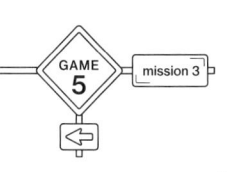

から出るぞ」

航大は、大翔の肩を借りて立ち上がった。

亜里沙を先頭として、もと来た道を戻る。獣道に入ったところで、進む方角を間違えたようだ。それがかえって吉《きち》と出た。

滝壺へ向かう時には見なかった防護柵が設置された道に出る。古びているとはいえ、人工物があるということは、多かれ少なかれ人が利用している道である証拠《しょうこ》だ。

防護柵に沿って歩いていくと、案の定、開けた場所に出た。

しかも、少し先には大分前から使われていなさそうな古ぼけた踏切《ふみきり》があり、その向こう側には家が建ち並んでいるのが見える。役場のような少し大きめの建物もあり、それなりに大きい村があるようだ。

「ねえ、山から出られたってことじゃない？　これで助けが呼べるよっ！」

嬉々《きき》とした声をあげ、陽斗は民家に向かって走り出そうとした。

「ちょっと待ちなさい！」

真横をすり抜けていく陽斗の首根っこを亜里沙が摑む。

「ぐえっ！」

襟《えり》が喉《のど》に食い込み、陽斗は潰《つぶ》れたカエルのような声を出した。

「慌てないで周りをよく見なさい。そこに看板があるでしょ」

亜里沙の視線の先には、「伊賀江《いがえ》山山道ルートマップ」と書かれた案内図があった。案内図を見ると、山の麓《ふもと》に赤い印がある。その横には「現在地・伊賀尾《いがお》村」と書かれていた。

現在地から下に伸びる赤い線を辿《たど》る。山を出て、そのまままっすぐ進めば宇木尾《うぎお》町に着く。案内図によれば、ここから宇木尾町まで歩いて五十分ほどの距離《きょり》だ。

ゲホゲホと咳《せ》き込《こ》む陽斗に、亜里沙が「陽斗はおっちょこちょいなんだから、落ち着きなさい」と言い聞かせる。それを横で聞きながら拳《こぶし》を握りしめていた大翔が、「それなら」と民家まで行き、人を呼んでくると買って出た。

亜里沙は首を横に振る。

「何があるかわからないから、私が行くわ」

「ううん。母さんは父さんと陽斗を見ていてよ」

「でも……」

「陽斗だとうまく状況を説明できないかもしれないけど、俺ならちゃんと説明できるし。それに……もしもの場合、怪我した父さんと子ども二人が残るよりも、無傷な大人が残るほうがいいと思うんだ」

不安そうな顔をする亜里沙に対し、航大は普段は怖《こわ》がりの大翔のたくましい姿に「俺たちの見える範囲にいるんだ。怪しい気配がしたら、大翔のもとに駆けつければいいだろ。

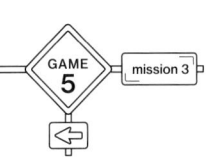

ここは任せよう」と大翔の意見に賛同する。大翔は道の端にある平らな岩場へと移動し、航大をその岩の上に座らせた。航大が「頼《たの》んだぞ」と言いながら、大翔の腕をポンポンッと叩く。

いまだ心配そうな顔をしている亜里沙に、大翔がニカッと笑いかける。

「大丈夫だよ。絶対に助けを呼んでくるからさ」

「そのセリフ、死亡フラグじゃん……」

助けを呼ぶという役目を大翔に奪われた陽斗は、ふてくされたように呟く。そんな陽斗の頭を「んなわけあるかっ」と笑いながらこづき、大翔は民家に向かって駆け出した。

ところが、踏切を渡り終える直前、カンカンカンカンッと鳴るはずのない警報機が鳴り、警報灯が点滅《てんめつ》し出す。首を傾げた大翔はそのまま踏切を駆け抜けようとするが、進行方向を遮断棒《しゃだんぼう》によって塞《ふさ》がれる。

突然、フォアァァァァァンッという汽笛《きてき》の音が響くと同時に、踏切の上で真っ白な閃光《せんこう》が走った。

その場にいた全員が、あまりの眩《まぶ》しさに手で目元をおおいながら瞼を閉じる。

「ブッブブブブゥゥゥッ」

残念でしたと言わんばかりのリップロールの音に、全員がゆっくりと目を開いた。

大翔の目の前に、真っ白なウサギの着ぐるみがフワフワと浮《う》いている。その光景を目にした陽斗たちは絶句した。

「う、浮いてる!? な、なんで?」

最初に声を出したのは、線路の上に閉じ込められた大翔だった。驚き、目を見開いた状態で、後ずさりする。

「ナンデって言われましてモォ……キミがルールを破ったからに決まっているじゃナイですカァ」

シグナールが踏切の手前にある標識を指さした。

「は? ルール? 渡り始めた時は警報機も鳴っていなかったし、遮断機だって下りていなかったぞ!」

反論する大翔に、シグナールが肩を竦《すく》める。そして、人差し指を立てて、左右に「チッチッチッ」と振った。

「残念ナガラ、踏切では、歩行者も一時停止

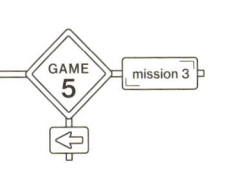

する必要があるんですよネェェェ」

シグナールの声はよく通る。少し離れた場所にいる陽斗たちにも聞こえた。ルールを破ったと指摘《してき》された大翔にはペナルティが与えられる。航大は怪我で済んだが、本来であれば消されていたことが全員の脳裏に過《よぎ》る。ビクリと固まる男性陣《じん》とは違い、愛する我が子を守るため、亜里沙は無我夢中で走り出していた。

「だめぇぇぇっ」

金切声をあげる亜里沙の目の前で、シグナールがパチンッと指を鳴らす。途端、呆然と立《た》ち尽《つ》くしていた大翔が一瞬で消える。

「いやぁぁぁぁっ」

踏切手前から必死で手を伸ばしたままの恰好《かっこう》で、亜里沙は足元から崩れ落ちた。

フワフワと浮いていたシグナールが亜里沙の頭上へと移動する。

「ミナさん、アッシのコトを、動画配信者だの、仲間がイルだの思っているようですケド、チガイますからネェ」

フンスッと鼻息を発したあと、両腕を組み、胸を反らしたシグナールが再度、自己紹《しょう》介《かい》をする。

「アッシはシグナール。この世界にあるルールの監視役デス。おかしな組織の一員でも、鬼でも悪魔でもありまセン。最初に言いマシタ通り、ルールや標識、表示を守ってくれれば、ちゃぁぁんと山から出られマスし、キミたちのうち、一人でも、この山から出ることができればキミたちの勝ちとなりマス」

そこでいったん言葉を切り、シグナールは亜里沙の頭を気味が悪いほど優《やさ》しく撫《な》でる。

亜里沙はその手をはたき、大粒《おおつぶ》の涙《なみだ》を流しながら、憎々しげな目付きでシグナールを睨《にら》みつけた。

シグナールはそんな亜里沙を見て、「おおこわ」とはたかれた手を擦る。

「ソンなに怒《おこ》らないでくださいヨォ。キミたちが勝てば、イマ、消えちゃったアノ子もちゃぁぁんとお返ししマスからネエエエ」

シグナールはフォアァァァァンという汽笛と共に、真っ白な光に包まれて消え去った。

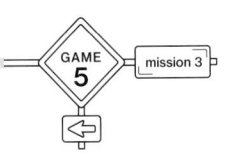

mission－4
病院

神出鬼没《しんしゅつきぼつ》なシグナール。そして、ルール違反のペナルティとして、目の前で大翔が消されたのを目の当《ま》たりにした三人は、シグナールが当初予想していた動画配信者や怪しい組織の一員ではなく、人知の及《およ》ばない存在であると理解した。だが、理解と納得は別物だ。あまりにも非現実的な出来事に混乱する。

「アイツはいったいなんなの……」

踏切の前で膝《ひざ》をつき、頭を掻《か》きむしる亜里沙の背後から、陽斗の肩を借りて、なんとか歩いてきた航大が声をかける。

「本人が言ったように、ルールの監視役なんだろ」

涙を拭《ふ》きながら振り返った亜里沙に、大翔を消されたショックからなんとか立ち直ろうと、航大はあえて冷静な口調で続けた。

「ルールを破った人間に、チャンスを与えるという名目で、ルールの大切さを教え込むと同時に、それでもルールを破ったり、ルールを理解しようとしない人間にペナルティを与えるのがアイツの役目なんだろう」

亜里沙も少し落ち着きを取り戻し、唇《くちびる》を噛《か》みしめて立ち上がる。

「アイツ、私たちが勝てば大翔も返してくれるって言ってたわよね？」

「うん。そう言ってたよ」

涙声で答える陽斗の肩を亜里沙は優しく叩く。航大の腕をとり、自分の肩に回すと、その顔を覗き込む。

「ルールの監視役なら、約束は絶対守るはずよね。だったら、この村から看板にある宇木尾町につければ、確実に山を出たことになるはず。さっさと大翔を返してもらいましょ」

亜里沙の言葉に航大が力強く頷き、陽斗も涙をぬぐう。遮断棒はいつのまにか上がっている。とてもいまも使われているとは思えない錆《さ》びついた線路だが、三人は遮断機の前でしっかり立ち止まり、左右や音を確認してから踏切を渡った。


村に入り、一番手前にあった民家のインターホンを押す。チャイム音は聞こえるが誰も出ない。もう一度押すが、反応はない。留守のようだ。

三人はこの家を諦め、隣の家に移動する。同じようにインターホンを押す。こちらもまったく反応がない。

「空《あ》き家なのかしら？」

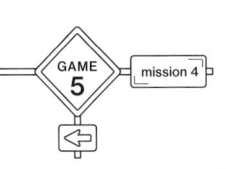

「空き家だったらインターホンすら作動しないだろ」

それもそうだと思い、亜里沙は大きな声をあげる。

「すみませーん。誰かいませんか？」

周囲の家にも聞こえるような声を出すが、どの家からも反応はない。それどころか、道ですれ違う人も、道を歩いている人も見かけない。

「こんな山奥の村だ。みんな、山を下りて仕事や学校に行っているのかもな」

「でも、山村って、高齢化《こうれいか》と過疎化《かそか》が問題になっているっていうじゃない。年配の人なら、一人ぐらい家にいたっておかしくないと思うんだけど」

「いや。最近は地方に移住する若者も多いだろ」

亜里沙と航大がひそひそと話している間、陽斗は周囲をきょろきょろ見渡していた。少し離れた十字路の脇《わき》に何かがある。それが気になり、陽斗は駆け出した。

「父さん、母さん、案内板があるよ」

案内板を指さして飛び跳ねる陽斗のそばに、亜里沙と航大がやってきた。

「家に人はいなくても、役場や病院にはいるわよね」

まずは航大の怪我の具合を診《み》てもらうのが先決だ。亜里沙は病院や診療所《しんりょうじょ》がないか探す。

「**病院**は漢字の十みたいなマークだよ」

昨年、社会の授業で地図記号を習った陽斗が、得意げな声を出す。三人は案内板をじっ

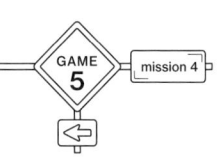

と見た。

「これじゃないか？」

航大が黒い十字が赤い四角に囲まれている記号を指さした。十字は横の棒が短く、縦の棒が長い。陽斗は首を傾げた。

「あれ？　縦の棒ってこんなに長かったっけ？」

十字の横の棒部分から下に突《つ》き抜《ぬ》けている部分が生乾《なまがわ》きのようにテラテラ光っていて、少し歪《いびつ》だ。まるで、黒いペンキがたれたように見えなくもない。訝《いぶか》しく思うものの、案内板の下には『修正したて』という貼《は》り紙《がみ》があった。

劣化《れっか》した部分や、新たに追加した施《し》設《せつ》を描き加えたのか、ペンキが塗《ぬ》りたてのところもあるようだ。貼り紙を見て、陽斗は、「手書きなら形が多少違っていることもあるか……」と納得した。

案内板によれば、病院はこの道をまっすぐ進み、三本目の十字路を右に曲がったところにある。

三人はゆっくりと病院に向かって足を進める。もちろん、ルールを守ることは忘れない。道路の右側に寄り、怪我をしている航大と、航大に肩を貸している亜里沙は二列になっているが、陽斗は二人の前を一人で歩く。十字路ではきちんと右左右と、安全確認する。

「あの十字路を右だよね！」

もうすぐ病院に辿り着けるという嬉《うれ》しさから、陽斗は足を速めた。だが、右に曲がろうとしたところでピタリと立ち止まる。

「どうしたんだ?」

足を引きずりながら航大が声をかけた。陽斗は震える声で答える。

「病院なんかないよ。お墓ばっかりだ……」

陽斗は頬を引《ひ》き攣《つ》らせながら亜里沙たちへと振り返った。亜里沙が航大の腕をいったん肩から外す。

「航大はここで待ってて。ちょっと様子を見てくる」

亜里沙は陽斗のいる十字路まで走ると、右に伸びる道へと顔を覗かせた。

少し先に、広場のようなものが見える。そこには墓がたくさんたっていた。

「どういうこと?」

困惑する亜里沙は、一番手前にある墓の下にある土がボコッボゴッと盛り上がる様子を見てギョッとした。土の中から、真っ白な毛で覆《おお》われた手が出てきた。陽斗と亜里沙が同時に小さな悲鳴をあげる。

「な、なによアレッ!」

ズボォオオオッと音をたてて墓場から飛び出したのはシグナールだ。

土まみれになった白い着ぐるみウサギの顔は、つぎはぎだらけだ。あちこち血で汚《よご》れ、口には尖った歯がびっしり生えている。まるでゾンビメイクを施しているようだ。

ただでさえ得体の知れない存在だというのに、気持ちの悪いメイクのせいで不気味さが増している。ゾッとしながらも亜里沙は陽斗を抱きかかえ、シグナールを睨みつけた。

「ちょっと！　なんで病院が墓地になっているのよっ！」

噛みつかんばかりの勢いで亜里沙は叫《さけ》んだ。シグナールはニタリと笑いながら首を振る。

「病院ナンカありませんヨォ。ココにはお墓しかありませェエエン」

プックククゥゥゥゥッと楽しげに鼻を鳴らす。それから大きな口を開いた。

「キミたちは、お墓に助けを求めに来たんでショウ？」

そこでシグナールがパチンッと指を鳴らす。途端、すべての墓から骸骨《がいこつ》や、ところどころ腐《くさ》りかけた死体が這《は》い出《だ》す。まるで、ゾンビ映画のワンシーンのようだ。

危険を感じた二人は即座《そくざ》に逃げる。運のいいことに、ゾンビたちの歩みはかなり遅い。

航大のもとまで戻ってきた亜里沙は、彼の腕を自分の肩に回し、「急ぐわよ」と叫んだ。

「せぇぇえっかく、アッシの力でお墓の中にいる村人たちを起こしてアゲたんですヨォォ？　逃げなくったってイイじゃナイですカァア。ホォォラ。キミたちも村人たちの一員にナレば、痛みもナクなりマスシ。家族ミンナで永遠に暮らせますヨォォォ」

シグナールが村人《ゾンビ》になるよう勧誘《かんゆう》しながら追いかけてくる。それに対し、陽斗が叫ぶ。

「そ、そんなこと望んでないもん！　僕たちはお墓じゃなく、病院を探していたんだっ！」

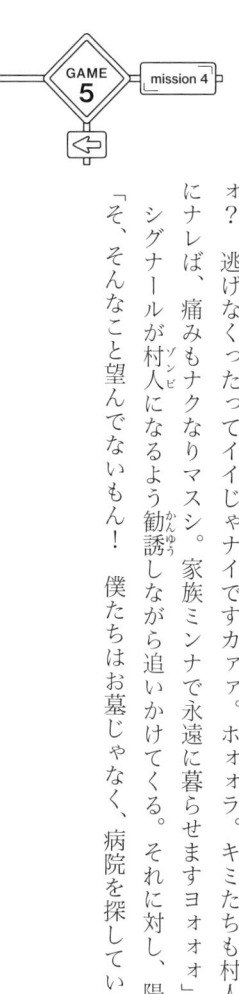

恐怖《きょうふ》のあまり涙声になる陽斗に、シグナールがプウプウプウと鼻を鳴らし、何かを考えるように首を左右に何度も傾《かたむ》ける。

「キミたち、ちゃぁんと案内板を見ましたカァ？」

「当たり前じゃないかっ」

キャンキャンと子犬が吠《ほ》えるようにわめく陽斗に、シグナールが「それでは……」と言って、姿勢を正す。それから肘《ひじ》を曲げ、胸より少し高い位置で手のひらを上に向けた。すると、そこに案内板がバーチャル映像のように現れた。

「ほらァァ……このマーク。**お墓**でショウ？」

シグナールが赤い四角で囲われた十字が描かれたマークを指さす。

「病院は五角形の中に十字が描かれている記

号なんデスヨ。けれど、この記号は――」

そこでシグナールが固まった。小さく舌打ちをし、困った顔になる。

「ヤレヤレ。『修正したて』のせいで、ペンキがたれてしまっていたようですネェェ」

シグナールが十字の横の棒から下に突き抜けている縦の線を指で消す。そこで、陽斗は
「**お墓のマーク**だ……」と呟き、顔を真《ま》っ青《さお》にした。

「そのとぉぉぉりデエエエス！　キミは最初からおかしいと思っていましたよネ？」

陽斗が頷く。シグナールは頬に手をやり、「どうしたものか」と悩《なや》むような仕草をする。

「うーん……その違和感から、記号をしっかり確認すれば、このペンキがたれているだけだとわかったハズなんですけどネェェェ」

タンタンタンッと片足を鳴らしながら指摘するシグナールに、陽斗は違和感を両親に伝えなかったことを悔《く》やむ。

だが、ペンキがたれていたのは、シグナールにとっても想定外のことだったようだ。顎に手をあて、眉間に皺を寄せている。

「フゥゥムゥゥ。今回はアッシが仕掛けたモノにもミスがアッタようデス。それに……墓地は特定地区界で区切ってありマス。キミたちは、案内板の地図記号を読み間違えたとはいえ、特定地区界内には足を踏《ふ》み入《い》れていませンン」

墓地の記号を囲む赤い線を指でなぞりながらシグナールは続けた。

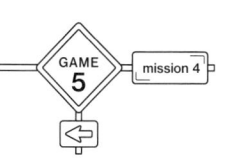

「あのゾンビたちは特定地区界内に入ったモノをどこまでも追いかけてきマス。デスが、そうでない場合は、ゾンビたちが動けるのは区域内だけなんデスよネェェェ」

陽斗は墓場に目を向ける。墓場の入口付近で、ゾンビたちは足踏みをしているだけで、そこから進めない様子が見て取れた。

「今回はドローといったところでショウ。デ・ス・ガ……次はそうはいきませんからネェェェ」

シグナールは軽《かろ》やかなステップを踏みながら、ゾンビたちのもとへと戻った。

「ソレではのちほどお会いしまショウ」

ゾンビたちとともに、その場でクルクルクルッとスピンをしながら、墓の中へと消えていくシグナールを、陽斗たちは唖《あ》然《ぜん》とした表情で見送った。

mission－5 ヘリポート

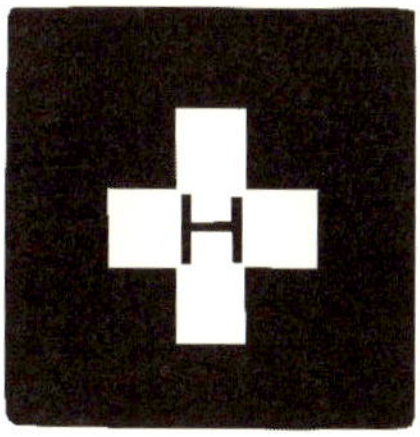

シグナールとともに、土に還《かえ》ったゾンビたちを見た陽斗たちは、ホッと息をついた。三人とも、迫《せま》りくる恐怖に思っていた以上のダメージを受けていた。

足に力が入らず、その場にしゃがみこむ亜里沙の肩を、なだめるように航大が撫でる。

「アイツ、ゾンビのことを村人って言っていたよな」

「ええ」

「ってことは、この村の人間は全員ゾンビだと思ったほうがいいのかもしれない。つまり、病院も交番もアテにはならないってことだ」

「何言っているのよ。ゾンビたちは特定地区界内に入った人だけ追いかけてくるのよ。私たちには関係ないわ」

「いや。シグナールの言葉をちゃんと聞いたか？　アイツは『〝あの〟ゾンビは』って言っていただろ？　『あの』っていうことは、さっきのゾンビ以外にもゾンビがいるかもしれないってことだ」

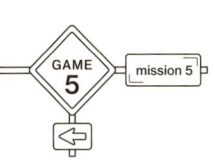

シグナールはあの時、「お墓の中にいる村人を起こした」と言っていた。つまり、墓の中以外にも村人がいる可能性はある。

二人の会話を聞いていた陽斗は、「そういえば」と口を挟んだ。

「シグナールは村人になれば家族ミンナで永遠に暮らせるって言ってた……」

その一言が航大の予想を確信に変えた。たとえ、これから村で遭遇《そうぐう》する人がゾンビではなくとも、シグナールの息がかかっていないとは言い切れない。

「この村で病院や交番を頼るのはやめよう」

「それならどうすれば……」

「自力で町まで向かうか、外部から救助を要請するしかないだろ」

「外部からって言っても、どうやって？　スマホは電波がなきゃ使えないわよ」

溜息を吐きながら亜里沙がスマートフォンを取り出す。画面をタップし、スリープモードを解除すると、「あれ？」と声を出した。

「どうした？」

「電波が一本だけ立っているわ」

「なら、すぐにでも警察……いや、こういう場合は消防か？」

「どっちのほうが早く来てくれるかしら？」

直前までゾンビに襲《おそ》われそうになっていた恐怖と不安、そして焦りから、即座に判断が

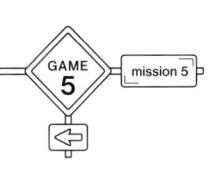

つかず悩む二人に、陽斗が大きな声で呼びかけた。

「父さん、あれってヘリコプターを呼べるってことじゃないの？」

二人が振り返ると、陽斗は十字路の脇に立つ看板を指さしていた。

上部に『伊賀江流《いがえる》病院』と大きく書かれた看板はかなり劣化し、掠《かす》れている。だが、『Heliport』と書かれた文字の下に、ヘリコプターのピクトグラムと緊急《きんきゅう》時の電話番号が書いてある。

「地元の消防本部に繫《つな》がるみたいね」

亜里沙が電話番号をスマートフォンの電話帳に登録すると、航大が難しい顔をした。

「肝心《かんじん》のヘリポートがある病院はどこにあるんだ？」

看板を隅々《すみずみ》まで観察していた陽斗が、その質問に答えた。

「ここから徒歩五分って書いてあるよ」

目を凝《こ》らしてよく見れば、伊賀江流病院という文字の横に矢印が見える。その下には『徒歩五分』という文字がうっすらと見えた。

亜里沙と航大は矢印が示す方向へ顔を向ける。十字路の左側の突き当りに、古びた病院が見えた。

「あの病院の屋上にはヘリポートがあるのか」

「そうみたいね」

亜里沙が航大の肩を支え直す。三人は航大の歩調に合わせ、病院の前まで来た。

ところどころ窓が割れており、見るからに廃病院だが、建物はまだしっかりしている。もし、屋上にあるヘリポートは使えないと救急隊員に言われても、その時は別の案を出してくれるに違いない。

「廃病院って言えばわかるよな」

航大が亜里沙に目配せする。亜里沙は深く頷くと、スマートフォンに登録したばかりの番号に電話をかけた。

一回のコール音で男性が出た。

「はい。伊賀江消防署です。どうされましたか？」

電話が通じたことにホッと息を吐《は》き、亜里沙は返事をする。

「すみません。村賀亜里沙と申しますが、山で道に迷ってしまいまして……」

「周囲にはその場所を特定できるものはありますか？」

「はい。伊賀江流病院という廃病院があります」

「あなたの他にも誰かいらっしゃいますか？」

「夫と息子がいます。夫は足を怪我して、歩けない状態です」

「歩けない状態ですか……病院の屋上にあるヘリポートにはなんとか向かえそうですか？」

「はい」

「これからヘリコプターで救助に向かいます。運よく、その病院のヘリポートはまだ使えます。三人とも屋上に移動してください」

伊賀江消防署の職員いわく、いまから二十分ほどで到着《とうちゃく》するという。

亜里沙は電話を切ると、航大と陽斗に事情を説明した。

「すぐに移動しよう。亜里沙、もう少しだけ肩を貸してくれ」

現在もヘリポートとして使用されているためか、伊賀江流病院の玄関《げんかん》は鍵《かぎ》がかかっていなかった。三人は、堂々と玄関から中に入り、階段を使って屋上に出た。

屋上には真っ白な十字架《じゅうじか》の中に真っ赤な『H』の文字が書かれていた。

白と赤のコントラストは世界共通の**病院ヘリポートマーク**だ。

三人は屋上の隅に寄ると、顔を見合わせ、「これで助かるぞ」と笑顔になる。

遠くのほうから、パタパタパタパタ——と、特徴的《とくちょうてき》な音が聞こえてきた。だんだんと音が近づいてくる。

「あ、あれだ！」

嬉々とした声をあげ、陽斗はこちらに向かってくるヘリコプターを指さした。すかさず航大が大きな声をあげる。

「陽斗！　風が強いから姿勢を低くして、フェンスに摑まっていなさい！」

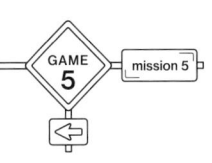

陽斗が言われた通りにすると、数分も経《た》たずして、ヘリコプターが屋上の真上まできた。

強風に目を細めながら、三人はヘリコプターを見上げる。数十メートル真上で停止飛行しているヘリコプターから、二つの顔が覗いていた。

「嘘《うそ》だろ……」

航大の呟きは風とヘリコプターによる騒音《そうおん》にかき消される。だが、亜里沙と陽斗も航大と同じ気持ちだった。

なぜなら、そこにいたのは、うつろな目をして窓によりかかる大翔とニヤニヤとこちらを見ているシグナールだったからである。

驚き固まる三人の前に、ロープでスーッとシグナールが降りてきた。

「はァァ。先ほど案内板の一件で学習シタばかりですヨォォ」

タンッと屋上に着地したシグナールがブゥゥウッと不満げに鼻を鳴らす。そして、どこから取り出したのか、両手で看板を持つ。病院の壁《かべ》にあったヘリポートを示すものだ。

「それのどこがおかしいんだっ！」

両手で耳を押さえながら叫ぶ航大に、シグナールが屋上にある病院の看板を指さした。

「せぇぇっかく、ヒントをあげたんですケド。キミたち、気がつかなかったんですカァ？」

看板には伊賀江流病院と書かれている。それが、何を示すのかまったくわからない。

首を傾げる三人に、シグナールが額に手をあて、首を振る。

「アァァァ。ナンということでショウ。キミたちが電話をかけたのは伊賀江消防署。そして、この村があるのは伊賀江山。でしたら、この病院も伊賀江病院。仮に個人病院であれば、まったく違う名前がつけられたと思いませんカ？」

シグナールの説明を聞き、三人はそれぞれ「いがえ、いがえる、いがえ、いがえる」と、地域の名前と病院の名前を繰《く》り返《かえ》す。目を細め、ヘリポートの看板をまじまじと見ていた陽斗が声をあげる。

「ん？　なんか『i』って文字。ちょっと形がおかしくない？」

そこで、航大がハッと気がついた。

「いがえる……ローマ字の『i』は母《ぼ》音《いん》を表すローマ字読みで『イ』。『イ』が『エル』ってことは――」

『Heliport』の『i』を『l』に変えると『Hellport』となる。意味は地《じ》獄《ごく》の港。ヘリコプターで言えば、地獄の発着所となる。

「そのとおりデェエエス。『Hellport』という文字が掠れてしまって、『Heliport』と読んでしまったカモしれませんが……先ほどの案内板のコトを思い出せば、〝もしかして今回も……〟と怪しむコトはできたハズです。デスから今回は、完全にキミたちの負け。全員、地獄に行ってもらいマァァァァス！」

高らかに声をあげるシグナールに反応し、ヘリコプターから三本のロープが降りてくる。

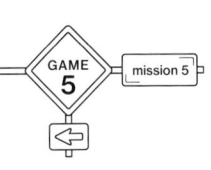

そのロープを使い、ゾンビが降りてきた。

「うわぁっ！」

走って逃げようとする陽斗たち三人にゾンビたちが襲いかかる。ゾンビたちは三人の体をそれぞれ押さえ込んだ。

「なんでこんなに足が速いの!?　さっきまであんなにノロマだったじゃない！」

「やめろっ！　やめてくれっ！」

ゾンビの手から逃《のが》れようと、三人は必死になって暴れる。けれど、ゾンビは決して腕を緩《ゆる》めない。ゾンビたちは手足をバタつかせる三人を、それぞれ羽交《はが》い絞《じ》めにした。

がっちりと背後からゾンビに固定された三人は、そのまま、ゾンビたちが装着している救助用安全ハーネスベルトと繋がっているロープによって、ゾンビ共々引き上げられた。

「ソレデハ……村賀家のミナ様。地獄ツアーへご案内ィィィ」

シグナールが調子はずれの甲高《かんだか》い声をあげた。

、、、、、
ヘルコプターの窓を村賀一家が必死の形相で叩く。だが、シグナールがパチンッと指を鳴らすと同時に、ヘルコプターは真っ黒な煙に包まれ、一瞬で姿を消した。

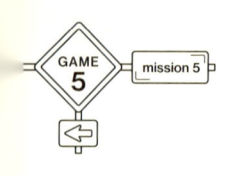

Kowai Hyo-shiki

Death Game

GAME
6

遊園地

〜 マナーを守って
楽しくお過ごしくだサイ 〜

CHARACTERS

飯《いい》野《の》加《か》奈《な》

高校二年生。明るく、面倒見《めんどうみ》がいい。原忠司の彼女《かのじょ》

原《はら》忠《ただ》司《し》

高校二年生。優《やさ》しくて穏《おだ》やか。飯野の彼氏《かれし》

大《おお》蔵《くら》省《しょう》吾《ご》

高校二年生。リーダーシップと包容力はあるものの、少々俺様《おれさま》な部分もある。
安里伊代の彼氏

安《あ》里《ざと》伊《い》代《よ》

高校二年生。小柄《こがら》。マイペース。大蔵の彼女で、飯野とは中学からの親友

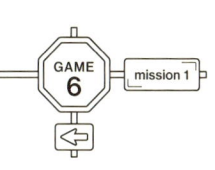

mission－1 撮影禁止

　飯野《いいの》加奈《かな》は親友の安里《あざと》伊代《いよ》に誘《さそ》われて、ある休日、遊園地でダブルデートすることになった。

「遊園地なんて何年ぶりだろ」

　チケット売り場でフリーパスを購入《こうにゅう》し、入園した加奈は、様々なアトラクションを前にして目を輝《かがや》かせた。隣《となり》に立つ、彼氏《かれし》の原忠司《はらただし》が苦笑《くしょう》する。

「俺《おれ》、実はジェットコースターとか苦手なんだよね」

「え？　意外！」

　二人で喋《しゃべ》っているところに、伊代が割《わ》り込《こ》んできた。

「加奈！　あそこでバニバニバーニィーが風船配ってる！　私、欲《ほ》しいからついてきてっ」

　バニバニバーニィーというのは、この遊園地のマスコットキャラだ。ピンッと立ったふさふさの耳が特徴的《とくちょうてき》な白いウサギのキャラクターで、水色に黄色のラインが入ったタキシードを着ている。愛らしい姿で幼い子どもにも紳士的《しんしてき》な対応をするので、子どもはもちろんのこと、大人からも人気だ。

いまも多くの人たちに囲まれている。

加奈は伊代に腕《うで》を引っ張られ、バニバニバーニィーを取り囲む人たちの間に割り込んだ。

「バーニィー！　風船ちょうだいっ」

腰《こし》を屈《かが》め、そばにいた小さな女の子にバニバニバーニィーがあげようとしていたピンクの風船を、伊代が横からサッと奪《うば》う。目的を終えた伊代はまったく悪びれた様子もなく、加奈を連れて人の輪から離《はな》れる。

「ちょっと、伊代！」

風船を奪われた少女が気になり、加奈は振《ふ》り返《かえ》る。少女は、何が起きたのかわかっていない様子でポカンとしたまま固まっていた。周囲も呆気《あっけ》にとられ、目を丸くしている。

そんな中、さすがはプロというべきか。周囲が不満や文句を口にする前に、バニバニバーニィーは片膝《かたひざ》をつき、まるでお姫様《ひめさま》にプロポーズでもするかのような恰好《かっこう》で、新たな風船を少女に差し出していた。

少女が受け取ると、クルリと回転しながら立ち上がる。紳士らしく丁寧《ていねい》にお辞儀《じぎ》をするバニバニバーニィーに周囲は拍手《はくしゅ》した。

お客を不快にさせないよう対応してくれたバニバニバーニィーの努力など気にすること

なく、機嫌《きげん》よく鼻歌を歌っている伊代に加奈は注意する。

「ちょっと、伊代。さすがに大人げないでしょ」

「だってあの女の子、もたもたしてるんだもん。早く受け取らないほうが悪いんじゃん」

「順番に並んでもらってたんだから、あの子は悪くないよ」

「そんな硬《かた》いこと言わないでよ。みんなはバーニィーと一緒《いっしょ》に写真を撮《と》るつもりなんだから、並ぶのは当たり前。私は風船だけゲットしたかったんだもん。写真を撮らないぶん、風船をもらう順番ぐらい融通《ゆうずう》きかせてもらったっていいでしょ」

ちょっと自分勝手なところがある伊代は、加奈が注意してもまったく反省しない。それどころか、入口近くのトイレから出てきた大蔵省吾《おおくらしょうご》のもとへ駆《か》けていき、ゲットした風船を自慢《じまん》する。加奈は呆《あき》れて溜息《ためいき》を吐《つ》く。

「お疲《つか》れ。着ぐるみの人がうまく立ち回ってくれたおかげで、揉《も》めなくてよかったな」

忠司が労《いたわ》るように加奈の肩《かた》をポンポンッと叩《たた》く。一連の出来事を見ていたようだ。

加奈はモヤモヤしながら、「そうなんだけどさ」と口を尖《とが》らせた。

「まあまあ。安里も悪気があったわけじゃないんだろうし……」

まだ遊園地に来たばかりだ。平和主義の忠司になだめられ、加奈は気持ちを切《き》り替《か》えた。

「そうだね。いつまでも不機嫌でいたら、みんなの空気も悪くなっちゃうし。今日一日、楽しもうっ！」

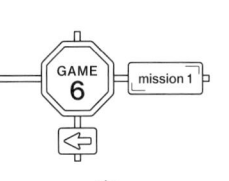

加奈は忠司の腕に抱《だ》きついた。照れながらも、まんざらではなさそうに、さりげなく手を取り、恋人繋《こいびとつな》ぎをする忠司に、加奈は微笑《ほほえ》む。そのタイミングで伊代が省吾を連れて、加奈たちのところにやってきた。

「ねえねえ！　四人で記念写真を撮ろうよ！」

伊代は、この遊園地のシンボルともいえる巨大《きょだい》な金のウサギが抱《かか》える時計を指さした。

「でも、あそこって撮影《さつえい》禁止でしょ？」

金のウサギの足元にある看板には、赤い円の中に描《えが》かれたカメラのイラストに、赤い斜《しゃ》線《せん》が引かれている。そして、**『無断撮影禁止』**という文字まであった。

「無断じゃなけりゃいいってことでしょ？　ほら。あの家族も撮っているし」

見れば、三人家族がスタッフらしき人に写真を撮ってもらっていた。他にも、カップルや女性三人組が近くを通りかかった人に写真を撮ってもらっている。

そこまで厳しい規則ではなさそうだ。

せっかくなら時計の前で記念写真を撮りたい。忠司も省吾も同じ気持ちだったようだ。

伊代の提案にのり、金のウサギの前に移動した。

そして、近くを通りかかった人にスマートフォンを渡《わた》して、撮影をお願いする。

いくつかポーズを変え、数枚写真を撮ってもらう。

「うわ。タイミング悪く目を瞑《つむ》っちゃってるじゃん！」

「この写真の省吾ってば、白目むいてて不細工」

「うっせーよ。そういう伊代は笑いすぎて顔がまん丸だぞ」

写真を確認《かくにん》しながら盛り上がっている中、忠司だけが顔を真《ま》っ青《さお》にさせて固まっていた。

「ん？　忠司、どうしたの？」

加奈が首を傾《かし》げると、忠司はスマートフォンの画面を指さした。

「なあ……ここに、不気味なウサギが写っていないか？」

加奈たちは、スマートフォンの画面をじっと見た。そこには、金のウサギをバックにして、左から省吾、伊代、加奈、忠司が写っている。その中央——伊代と加奈の間に、白い影《かげ》のようなものが写っていた。

その白い影は忠司の言う通り、口が裂《さ》けた白いウサギのように見える。

「この白いウサギ。小さくないよね？　しかも、二本足で立っているような……」

「バニバニバーニィーが映りこんだとか？」

「バニバニバーニィーは耳が立っているけど、このウサギはたれているよね？」

「じゃあ、心霊《しんれい》写真？」

スマートフォンを覗《のぞ》き込《こ》み、ああでもない、こうでもないと騒《さわ》ぎ出《だ》す四人の前に、ボンッという音と同時に白い煙《けむり》が立ち上がった。

園内の音楽やざわめきが一瞬《いっしゅん》で消える。それどころか、自分たち以外、人もアトラクシ

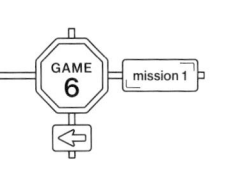

ヨンも何もかも動きが止まっていた。

「やだっ！　な、なに？」

伊代が悲鳴をあげて、省吾に抱きつく。あり得ない状況《じょうきょう》に加奈もまた恐怖《きょうふ》を覚え、忠司の手を握《にぎ》りしめ、目の前に立ち上がった白い煙から一歩後退した。

「ブッブブブゥゥゥゥゥッ！」

白い煙の中から真っ白なウサギの着ぐるみが飛び出した。バニバニバーニィーかと思ったが、着ている夕キシードの色が違《ちが》う。バニバニバーニィーが水色に黄色のラインが入っていたのに対し、このウサギはピンクに黄緑のラインが入ったものを着ている。しかも、耳もたれている。

目つきの悪いたれ耳ウサギの顔は、写真に写っていた不気味なウサギにそっくりだ。

驚《おどろ》きのあまり、声を出せずにいる四人の前

で、凶悪《きょうあく》な顔をした白いウサギの着ぐるみがドンッと音をたてて地面に着地した。

「アッシはシグナール。この世界の〝ルール〟の監視役《かんしやく》デス。キミたち、無断で写真を撮ってはダメだってワカッテいながら写真をトリましたネエェエ」

シグナールは無断撮影禁止の看板へと視線を向ける。身に覚えのある四人は、全員、バツの悪い顔をした。けれど、自己中心的なところがある伊代としては、得体の知れない着ぐるみが急に現れて、文句を言ってきたのが気に食わなかったのだろう。省吾の影に隠《かく》れながら「でも、他の人たちだって、写真を撮ってたし。なんで私たちだけ文句を言われなきゃいけないのよ」と小声で文句を呟《つぶや》いた。

「ちょっと。余計なこと言わないの！」

相手はルールの監視役だと言っているが、何者かまったくわからないのだ。反発して怒《いか》りを買ったら何をされるかわからない。加奈は咄嗟《とっさ》に伊代の口を手で押《お》さえた。しかし、時すでに遅《おそ》し。シグナールは伊代と加奈を蔑《さげす》んだ目で見た。

「そういえバァア……ソコのお二人は、並んでいる順番をムシして、割り込んで風船を奪っていましたよネエェエ」

ねっとりとした口調《くちょう》で告げたあと、シグナールは両手を広げると、手のひらを上に向けた。すると、突然《とつぜん》、手のひらの上に風船が現れた。その風船は加奈と伊代の顔にそっくりだ。

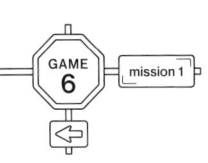

「え？」

加奈と伊代は互《たが》いに顔を見合わせ、再び風船を見る。ポカンとする二人に対し、シグナールがブッブッブッと不機嫌に鼻を鳴らす。

「イイですカァ。交通ルールを守らなければ、罰金《ばっきん》や罰則がありますよネェ？　それと同じデス。この世界のルールを守らなければ、それ相応のペナルティがあるんですヨォォ」

そう言うと同時に、シグナールの手のひらの上に浮《う》いていた風船がパンッと弾《はじ》けた。

「ルールを守らないと、キミたちもこうなっちゃうカモしれませセン。見逃《みのが》すのは一度ダケです。コレからは、絶対にルールを守ってくださいネェ」

シグナールは「警告しましたカラね」と言うと、ボンッと音をたてて、白い煙を立ち上らせ消え去った。

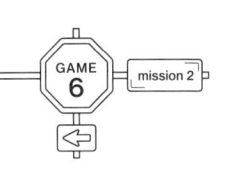

mission－2 身長制限

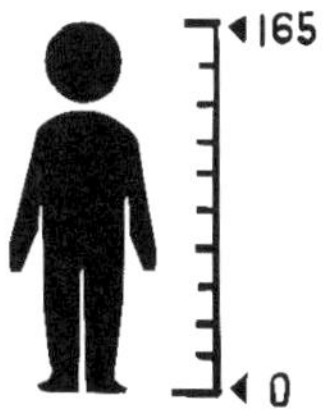

止まっていた周囲の時間が動き出す。

活気が戻《もど》った園内で、四人は狐《きつね》につままれたような顔をして、しばらく立《た》ち尽《つ》くしていた。気を取り直したように省吾が大きな声を出す。

「いまのって、遊園地の演出だろ？　どうやってやったんだろう。すげえよな」

目を輝かせる省吾を見て、みんなの顔にも笑顔が戻る。

「裏バニバニバーニィーっていう隠れキャラかもね」

「なんだよ裏バニバニバーニィーって」

「ほら。悪い子はとっちめるナマハゲ的なウサギみたいな？」

調子を取り戻した伊代は絶好調ならぬ舌好調《ぜっこうちょう》だ。

「なぁんか不気味なウサギにケチつけられちゃったし、カワイイもので癒《いや》されたーいっ」

目をクリクリさせて省吾に甘《あま》える伊代を見て、加奈は苦笑いをした。

「あー……ごめん。うちらお化《ば》け屋敷《やしき》に行こうかと思ってるんだ」

お化け屋敷が大嫌《だいきら》いな伊代に、加奈があえてそう告げたことには理由《わけ》がある。加奈はメリーゴーランドやコーヒーカップといったメルヘンチックな乗り物が大嫌いなのだ。かといって、忠司が苦手なジェットコースターに行くとは言えない。

そこで、お化け屋敷に行きたいと言えば、伊代は絶対に拒絶《きょぜつ》すると睨《にら》んだ。

案の定、伊代は「じゃあ、お昼まで別行動にしよう」と言って、省吾の腕を引っ張っていった。

「伊代が単純な性格でよかった」

加奈はホッと胸を撫《な》でおろす。

「おかげでお邪魔虫《じゃまむし》もいなくなったし。二人でデートできるな」

ニカッと微笑《ほほえ》む忠司に、加奈は笑顔で頷《うなず》く。そして、伊代に宣言した通り、お化け屋敷へ行くことにした。

この遊園地のお化け屋敷は、ライドに乗って進むタイプだ。加奈が事前に調べた情報によると、ライドはジェットコースターのように急降下したり、急発進したりすることはない。それどころか、進むスピードは一般的《いっぱんてき》な歩行速度よりも遅いらしい。乗客を驚かす仕掛《しか》けだって、暗闇《くらやみ》の中で、お化けや不気味なマネキン人形が現れたり、冷たい空気や水が乗客に向かって放たれたりといった単純なもののようだ。

暑くも寒くもない屋内で、安全に楽しめるアトラクションといえるが、お化け屋敷には誰《だれ》も並んでいなかった。

昨今、脱出《だっしゅつ》ゲームや謎解《なぞと》きとコラボしたお化け屋敷には行列ができることが多いと聞くが、遊園地のレビューを見ると「スリルも恐怖もほとんどない」「地味すぎる」などの酷《こく》評《ひょう》が並んでいて、人気がないことが窺《うかが》えた。

「メリーゴーランドは、あんなに並んでるのに……」

「それをいうなら、コーヒーカップにだって負けているぞ」

「……まあ、小さい子も楽しめるアトラクションだしね」

「メリーゴーランドはインスタ映えするしな」

周囲のアトラクションと比較《ひかく》し、加奈は忠司と苦笑する。

おばけ屋敷の入口前には、申し訳程度に行列整理用のパーテーションが作ってあった。

その手前に**身長制限**の看板があるので確認する。

立っている人を表現した青いピクトグラムの横に、上下を示す矢印が描いてあり、その下向きの矢印の横には「0」、上向きの矢印の横には「165」と書いてあった。

「ちょっと。身長制限、百六十五センチだって」

危ないアトラクションではないはずなのに、かなり厳しい制限に、加奈は驚く。

「怖《こわ》くないからっていうよりも、この制限のせいでお客が遠のいているのかもな」

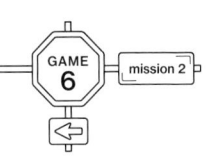

まじまじと看板を見たあと、忠司が加奈へと視線を向ける。それから、看板と加奈を交《こう》互《ご》に見て、小さく頷いた。

「加奈の背って百六十四センチだったよな」

「うん」

「まあ、一センチなんて誤差の範囲《はんい》だろ。それに、看板に描いてあるピクトグラムや矢印よりも大きいじゃん」

「このスニーカー、インソールが入ってるから、三センチぐらい大きくなるの」

「だよな。俺と目線がほぼ変わらないし。問題ないだろ。それに、この看板には『靴《くつ》を脱《ぬ》いだ状態で』とは書いてないしな」

加奈は目を輝かせた。

「確かに！　忠司、あったまいい！」

はしゃぐ声をあげ、加奈は忠司に抱きついた。

そのまま入口に行き、フリーパスを見せる。忠司の言う通り、身長に関しては何も言われない。

加奈たちはライドに乗り込んだ。

安全バーを自分たちで下ろし、スタッフがロックを確認したあと、ライドはゆっくり進み始める。

いかにも廃墟《はいきょ》といった雰囲気《ふんいき》を演出するためか、古めかしく塗装《とそう》された自動扉《とびら》が開く。ライドは扉をゆっくりと通り過ぎた。途端《とたん》、大きな音をたてて背後で扉が閉まる。それと同時に、視界が闇に包まれた。

不気味な声が響《ひび》く。うっすらと照らされたマネキン人形が急に振り返った。

「うわっ」

マネキンの顔は、惨《むご》たらしく焼けただれていた。小さく悲鳴をあげた途端、トントンと何かが加奈の肩を叩く。

見上げると、そこには青白い顔をした女性が天井《てんじょう》から吊《つ》るされていた。

「ひぃぃっ」

ポトリポトリと冷たい雫《しずく》が二人の頭や顔を濡《ぬ》らす。単なる水だとわかっていても気持ちのいいものではない。雫が落ちてくるたびに、ブルリと肩を震《ふる》わせる。

「ちょっと……怖さも何もないっていう噂《うわさ》だったよね？」

「ああ。でも、お化け人形もかなりリアルじゃないか？」

「だよね。むしろ、怖くてもライドのせいで、強制的にゆっくりじっくり恐怖を味わわされるから、人気がないのかも……」

次から次へと襲《おそ》いかかる仕掛けに、ドキドキしながら、二人は会話する。すると、いきなり左右から冷たい空気とともに真っ白な煙がプシューッと噴出《ふんしゅつ》する。

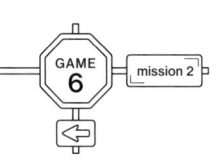

「うわっ」

「きゃっ」

視界を塞《ふさ》がれ、二人は小さな悲鳴をあげた。

「うぅうらぁぁめぇぇしぃぃやぁぁ」

白い煙の中から、薄明《うすあ》かりに照らされた白い影が現れた。

「ねえ……なんか頭の上から長いものが二本たれてない？」

「ああ。影自体も大きいし、幽霊《ゆうれい》や死体っていうよりも、化け物の人形っぽいな」

次の仕掛けだと思っている二人は、じーっと影を見る。徐々《じょじょ》に煙が薄くなるにつれ、姿かたちがハッキリしていく。

煙の中から現れたのは、たれた耳の真っ白なウサギの着ぐるみだ。ギョロリとした真《ま》っ赤《か》な目が二人を見つめる。耳元まで裂けた口には、ギザギザに尖《とが》った歯がびっしり生えていた。

「な、なんでアンタが……」

震える声で加奈が問いかけると、シグナールが「チッチッチ」と人差し指を立てて左右に振る。

「ソレは、アナタたちが一番オワカリですよネェェ？」

シグナールは加奈と忠司の顔を見ながら、まるで「胸に手をあてて聞いてごらん」とでも言うかのように、右手を胸にあてながら首を傾げた。

「まさか……身長制限を守らなかったからってこと？」

恐《おそ》る恐《おそ》る尋《たず》ねた加奈に、シグナールはニンマリとした笑みを浮かべて頷いた。

「ワカッテいるじゃアリませんカ」

「でも、一センチなんて誤差じゃない。それに、この靴のおかげで百六十五センチは超《こ》えているんだもん。大目に見てくれたっていいでしょ」

必死で反論する加奈を見て、シグナールは呆れたような顔をして肩を竦《すく》めた。

「イヤイヤイヤ。身長制限に引っかかったのは、残念ながらキミじゃありませェェン。ソチラのアナタですヨォォ」

シグナールの視線が、加奈から忠司に移る。

「え？　は？　俺？」

目を丸くしながら、自分で自分を指さす忠司に、シグナールがゆっくりと頷いた。

「そんな！　だって忠司の身長は百六十九センチなのよ？　私よりも大きいのに、なんで身長制限に引っかかるのよっ！」

ルール違反《いはん》を指摘《してき》された忠司よりも先に、加奈は声を荒《あら》らげた。忠司もまた、納得《なっとく》していないような顔でシグナールを見つめる。

「フゥゥム。お二人とも、まだ気がつかナイんですカァ？」

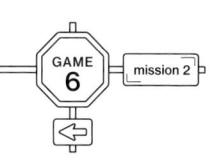

そこでシグナールが両手をパンッと鳴らした。シグナールの横に、加奈たちが確認した『身長制限』の看板が現れた。

「こちらをよぉぉぉくご覧くだサァァイ」

看板を片手で支えたシグナールは、立っている人を表現した青いピクトグラムの横に描かれている矢印を、上から下に向かってもう片方の手でなぞる。それから、下向きの矢印の横に書かれた「0」という文字をさし、今度は上に向かって手を移動させ、上向きの矢印の横に書かれた「165」の文字をさす。

「身長制限といえば、たいてい『〇〇センチメートル以上の方がご利用になれます』と書かれているコトが多いと思いマスが、この看板には身長制限と書いてあるだけデス。しかも、この矢印が意味するのは、0から165まで――つまり百六十五センチまでが正解な

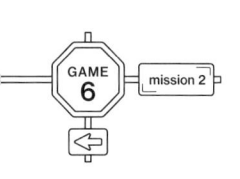

んですヨォォ」

シグナールの言う通りだ。「身長制限」という文言だけでは百六十五センチ以上なのか、以内なのか判別できない。かなり不親切な看板だが、上下の矢印を『範囲』を指定する矢印だと考えれば、ゼロから百六十五センチまでの人だけが利用可能と捉《とら》えることができる。

愕然《がくぜん》とする二人の耳に、嬉《うれ》しさのあまり笑いが堪《こら》えきれなかったのか、キュップププヒイイイというシグナールの甲高《かんだか》い声が響く。

「ざぁぁんネエエんデスガ、さすがに四センチは誤差ではありまセンからネェ」

シグナールが忠司に向かって親指を立てる。そのままゆっくりと腕を動かし、親指を自分の首にあてた。

「アウトです」

冷ややかな声でルール違反を突《つ》きつけると同時に、シグナールは親指で自分の首を斬《き》るジェスチャーをする。加奈は目を見開き、忠司は息を詰《つ》まらせた。

次の瞬間、頭上から死神の鎌《かま》のようなものが忠司に振り落とされた。鎌が忠司の首を斬る。斬り落とされた頭は、加奈の膝の上に着地した。

加奈の視界が真っ赤に染まる。

「いやぁぁぁぁぁっ」

喉《のど》を引き千切らんばかりの悲鳴は、暗闇の中に吸い込まれていった。

mission－3
持ち込み禁止

加奈たちと別行動をしていた省吾は、伊代に腕を引っ張られるがまま、観覧車やゴーカートといった少々刺激《しげき》の少ないアトラクションに付き合わされていた。絶叫系《ぜっきょうけい》の乗り物が大好きな省吾としては物足りない。

ファンシーなメリーゴーランド目がけて歩き始めた伊代を引き留める。

「なあ……ちょっと待って。俺。ジェットコースターに乗りたいんだけど」

振り返った伊代が頬《ほお》を膨《ふく》らませる。

「ええーっ！　私、絶叫系乗れないよ」

「俺だって、苦手な観覧車やバニバニバーニィーの汽車ポッポに付き合ってやっただろ」

「省吾の場合はスピードが遅くて、スリルがないからつまらないってだけでしょ。私の場合は、怖くて無理なの」

「いやいや。狭《せま》い・高い・揺《ゆ》れるの三拍子《さんびょうし》揃《そろ》った観覧車は、ゆっくり進むからこそ怖い乗り物じゃん。マジで嫌《いや》だって言ったのに、無理やり引っ張っていったのはお前だろ」

互いに自分の意見を通そうとして、一歩も引かない。押し問答の末、省吾は妥協案《だきょうあん》を提案する。

「よし。じゃあ、一回だけ別行動しよう。伊代はメリーゴーランド、俺はジェットコースターに乗る。乗り終えたら、どこかで合流すりゃいいだろ」

「えー！　メリーゴーランドに一人で乗るなんて、全然面白くないし、傍《はた》から見たらイタい子に見えそうじゃん。絶対にイヤ！」

駄々《だだ》をこねる伊代に、省吾は首を横に振る。

「俺だってジェットコースターに乗れないのは嫌だ。今回は譲《ゆず》れない」

ピシャリと言い切ると、伊代が拗《す》ねたように黙《だま》り込《こ》む。包容力のある省吾は、マイペースな伊代の言動をある程度は受け入れる。けれど、ここぞという時には、自分の意見を曲げない。伊代もこれ以上ごねれば、省吾の堪忍袋《かんにんぶくろ》の緒《お》が切れることを察したようだ。しゅんっと肩を落とし、省吾の服の袖《そで》を引っ張った。

「……ごめん。でも、私は怖くて乗れないから近くで待ってる」

しおらしく謝る伊代に、省吾は仕方ないなといった表情で小さく息を吐《は》いた。

「多少の我儘《わがまま》はかわいいけど、たまには俺がしたいことも優先してくれよ」

うんうんと何度も頷く伊代の頭を撫でる。

仲直りした二人は手を繋ぎ、ジェットコースターへと向かった。

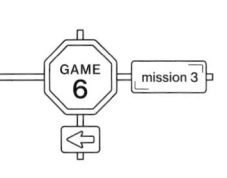

ジェットコースターについた省吾たちは、そばにある注意事項《じこう》が書かれた看板で、身長、年齢《ねんれい》、既往症《きおうしょう》など、利用可能かどうかを確かめる。

「身長も年齢も問題ないし、病気もない。体調は絶好調だし大丈夫《だいじょうぶ》だな」

すべてを確認し終えた省吾は、ジェットコースターに並ぶ列の最後尾《さいこうび》についた。

「じゃあ私はアソコで待ってるね」

伊代が指さした先には、レールが間近で見える絶好のスポットにベンチがあった。

「おう。伊代に向かって手を振るよ」

「そんなの一瞬だから気がつかないよ」

「とりあえず、乗る直前に連絡《れんらく》するから。車体が近づいてきたら、目の前を通り過ぎるまで手を振ってくれてりゃいいよ」

「わかった。乗り終わったら迎《むか》えに来てね」

伊代が小さく手を振ってベンチへ走っていく。彼女《かのじょ》の後ろ姿を見送った省吾はワクワクしながら順番を待つ。

一回の乗客数は二十八人と多い。長蛇《ちょうだ》の列だが、あっという間に順番がきた。

フリーパスをスタッフに見せ、ホームに入ると、乗車前の注意事項の看板があった。

「ハーネスに腕を入れる。安全ベルトをしっかり締《し》める。乗車中は安全バーをしっかり握

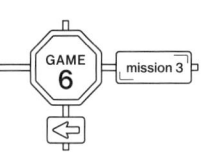

る……」

どれも当たり前のことばかりだ。さっさと車両に乗り込もうとすると、スタッフに声をかけられる。

「乗車中にお荷物を落とされる可能性がございます。手荷物やポケットの中身はロッカーの中に入れてからご乗車ください」

省吾はスタッフに笑顔でロッカーへと案内された。

ロッカーに貼《は》られた注意事項のステッカーを見る。

ズボンの左右にあるポケットの中身が空であることを示しているようなピクトグラムの横に、帽子《ぼうし》、眼鏡《めがね》の着用禁止のマークがあった。

「『手荷物やポケットの中身は全部ロッカーに預けてください』か」

ステッカーに書かれた文章を読む。左右のポケットから家の鍵《かぎ》や財布をロッカーに入れると、お尻《しり》のポケットからスマートフォンを取り出す。

「あ、伊代に連絡しないと」

メッセージを送っていると、「ご乗車の方はお急ぎくださーい」とスタッフの声がした。

慌《あわ》てた省吾は、ロッカーを閉めると、手に持っていたスマートフォンをこっそりズボンの後ろにあるポケットに忍《しの》ばせた。その時、ふと、入園してすぐに現れた不気味なウサギのことが頭を過《よぎ》った。

「ルールを破ったらペナルティって言ってたけど……。このピクトグラムもズボンの左右にあるポケットしか確認してないし」

ステッカーを見ながら、省吾は「スマホが落ちて困るのは俺だけだし、他人に迷惑《めいわく》をかけるわけじゃないんだからいいよな」と一人ごちる。続々と乗車する他のお客を見て焦《あせ》った省吾は、結局、スマートフォンをポケットに入れたままジェットコースターに乗車した。

ハーネスに腕を入れ、安全ベルトを締める。すると、ドスンと音をたてて隣に誰かが乗ってきた。えらく体格のいい人が隣に来たなと思い、顔を横に向ける。

省吾は自分の目を疑った。

隣に座《すわ》っているのは、真っ白なウサギの着ぐるみ――尖った歯を見せながらニヤニヤ笑うシグナールだった。

「準備は大丈夫デスかネェエ？」

真っ赤な目を細め、大きな顔で省吾の顔を覗き込んでくるシグナールに、ビクリと肩を震わせる。お尻の下に硬い物を感じた省吾は、そのことに気づかれてはいけないとばかりに、堂々と胸を張る。

「ちゃんと安全ベルトは締めたし。この通り、ポケットの中には何もないよ」

左右のポケットを叩きながら省吾は強気な口調で答えた。

「それより、アンタこそ大丈夫かよ。着ぐるみでジェットコースターに乗るのはルール違反じゃないのか？」

着ぐるみを着たままでも、座席に座れている。安全ベルトやハーネスもちゃんと装着しているので胴体《どうたい》部分だけに関して言えば、文句はない。けれど、帽子は着用不可だ。であれば、着ぐるみの頭部分だって着用不可でなければおかしい。

省吾が正論を突きつけたタイミングで、スタッフが省吾の安全確認をした。

「はい。問題ありませんね」

どう見ても問題だらけのシグナールをスルーしていく。スタッフの対応に唖然《あぜん》とする省吾にシグナールがプップップップッと鼻を鳴らす。

「アッシの姿はキミ以外には見えていませンからネェエ」

よくよく考えてみれば、最初の忠告の時、シグナールは何もないところから突然、白い煙とともに現れ、消え去っていったのだ。しかも、シグナールが現れた時、周囲の時間も止まっていた。

人知を超えた異次元の能力を使いこなせるのだから、省吾にしか見えない状態にできるのも頷ける。

超能力《ちょうのうりょく》や異能を使ったバトルアクションアニメが好きな省吾は、シグナールの能力をすぐに受け入れた。そのせいで、恐怖心が芽生える。

ルールを破った自覚のある省吾は、ブルリと震えた。

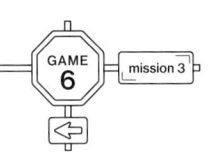

「このアトラクションは、急上昇《きゅうじょうしょう》、急旋回《きゅうせんかい》、急降下、急停止するアトラクションです」

出発前のアナウンスが響く。それが終わると同時に出発ブザーが鳴り響いた。

車両がゆっくり動き出す。すると、隣に座るシグナールがプップップッと鼻を鳴らした。

「チナみに……コレはなんでショウ？」

シグナールが手に持っているものは、省吾のスマートフォンだった。ケースの色やデザインは特注した唯一無二《ゆいいつむに》のものなので、見間違えるはずはない。

すぐさま省吾はスマートフォンに手を伸《の》ばす。

「返せよっ！」

奪い返そうとするが、ハーネスで腕の動きはある程度封《ふう》じられている。しかも、シグナールの手が異様に伸びて取り返すことができない。車両はゆっくりとレールを登っていく。その間にスマートフォンを取り返したいが、どうにもできない。

そうこうしているうちにジェットコースターはレールの頂上に到達《とうたつ》した。

その途端、あっという間に降下する。

スピードが乗ると、体全体にGがかかり、安全バーを必死に掴《つか》む。こうなったら、シグナールからスマートフォンを取り返す余裕《よゆう》などない。

「コレ。どぉーしまショウゥゥゥ」

スマートフォンを持った手を振り、ニヤニヤするシグナールを見て、省吾は不安と恐怖から額に汗《あせ》を滲《にじ》ませる。どうにかしてスマートフォンを取り返したいが、手を伸ばそうとするタイミングで、急旋回、急上昇、急降下を繰《く》り返《かえ》すので、どうにもできない。省吾は苛立《いらだ》ち、シグナールを睨みつけた。すると、シグナールがスマートフォンを投げすてた。

「あ。手が滑《すべ》っちゃいましタァァ」

他の乗客が浮遊感《ふゆうかん》やスピード感に高揚《こうよう》して叫《さけ》び声《ごえ》をあげるのとは別の意味で、省吾は咆《ほう》哮《こう》を響かせた。

その直後、ジェットコースターの乗客ではなく、その下で来場者たちの悲鳴が轟《とどろ》いた。

まさかと思う気持ちで省吾は首を捻《ひね》る。だが、確認したかったものはすでに通り過ぎたあとだった。

ジェットコースターがホームに戻った時には、隣に座っていたはずのシグナールの姿は

消えていた。完全に停止したところで、安全ベルトを外し、ロッカーから荷物を取り出すと、すぐさま伊代のもとへ走った。

伊代がいるはずのベンチ周辺は人だかりができていた。人混みを掻《か》き分《わ》け、中に入る。シグナールが投げた省吾のスマートフォンが頭に激突したのだろう。その中央には、壊《こわ》れたスマートフォンの傍《かたわ》らで、頭から血を流し、ぐったりとベンチに横たわる伊代の姿があった。

「うわぁぁぁぁぁっ！」

絶叫しながら省吾は伊代へ駆け寄る。そして、彼女を抱きしめ、号泣《ごうきゅう》した。

「ほらネエェ。こうイッタ事故があるカラ、ポケットの中身はすべてロッカーの中に預けるように注意が書かれているんですヨォォ。今回ルールを破ったのはカレシですが、最初に二回もルールを守らなかったカノジョも連帯責任ってコトでいいですよねエェ」

人だかりの一歩外で、その様子を眺《なが》めながらプップププゥゥと鼻を鳴らすシグナールの声は、慟哭《どうこく》する省吾の耳には届いていなかった。

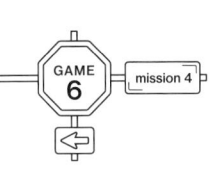

mission－4 手を触れないでください

微動《びどう》だにしない伊代を抱きしめていた省吾の腕が、いきなりスッと軽くなる。それと同時に、腕の中にいた伊代が消えた。

パッと周囲を見渡せば、あれだけ集まっていた人だかりもなくなっている。それどころか、周辺に飛び散っていた伊代の血も、地面の上で破壊《はかい》されていたスマートフォンのカケラすら何もなかったかのように消えていた。

「嘘《うそ》だろ……」

省吾はヨロヨロと立ち上がった。ズボンの後ろポケットを触《さわ》れば、硬い感触《かんしょく》がある。

「スマホがポケットに戻ってきている……いったいどういうことだ？」

園内には明るい声が響いている。通り過ぎていく人たちはみんな楽しそうだ。

惨たらしい事故などなかったかのような光景に、省吾はベンチの前で呆然《ぼうぜん》とする。

「嘘だろ。なんで？　いま、この腕の中に伊代はいたよな？」

両手の手のひらを開いたり握ったりを繰り返しながら、困惑する省吾の耳元に息が吹《ふ》きかけられた。

「うわっ！」

耳を押さえ、振り返る。

目の前に尖った歯がびっしりと生えた大きな口が飛び込んできた。

声にならない悲鳴をあげ、省吾は仰《の》け反《ぞ》る。すると、それがシグナールだとわかった。

一瞬にして、驚きと恐怖が怒りに変わる。

「伊代が消えたのはアンタのせいだろっ！　いったい、どこにやったんだっ！」

いきなり腕の中から人一人が消えたのだ。どう考えてもシグナールの仕業《しわざ》でしかない。

しかも、伊代は頭に怪我《けが》を負っている。このまま治療《ちりょう》もせずにどこかで放置されているとしたら、命に関わるという焦りから、省吾はシグナールに摑みかかろうとした。

「ブウブウブウブウ」

両手を前に突き出し、「どうどうどう」と省吾をなだめるような仕草でシグナールが鼻を鳴らす。胸《むな》ぐらを摑む寸前で省吾はピタリと腕を止めた。

「おぉぉぉッ。ギリギリセーフでしたネエェェ」

突き出した手を胸元へ戻したシグナールが、パンパンパンッと音をたてて拍手する。

そのわざとらしい動作が鼻につく。

眉間《みけん》に皺《しわ》を寄せて不快感を露《あら》わにする省吾に、シグナールはニンマリとした。

「ホォォラ。コレを見てくだサイ」

シグナールが自分の胸元を指さした。ピンク色のタキシードの胸元には、赤い丸の中に描かれた手のピクトグラムに斜線がかけられたワッペンがついていた。

『手を触《ふ》れないでください』の標識と同じマークだ。

「ホォォラ。アッチも見てくださいヨォォォ」

右へ左へと指さすシグナールの動きに合わせて、省吾は顔を動かす。案内板や園内注意事項が書かれた看板が目に入る。

そこには、**『キャストには手を触れないでください』**と書かれていた。

「アッシは言いましたでショウ？　ルールを守らなければペナルティがアルって。見逃すのは一回ダケですカラァァァ」

ルールに守られているという余裕からか、シグナールはニタニタ笑っている。

「イヤイヤ……短気は損気って言いますでショウ？　せぇぇぇっかく、カノジョさんが助かる方法がアルのに、キミがアウトになったら誰も助けるコトはデキませんからネェ」

腕を組み、左右に体を揺らし始めたシグナールは、「まあ、アッシはソレでも構いませンけどネェ」と再び顔をニヤつかせる。

人をおちょくるようなシグナールの態度に省吾はカッとなる。

「助かる方法があるっていうんなら、さっさと教えろよ！」

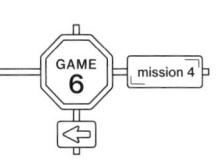

声を荒らげる省吾に、シグナールは肩を竦めた。

「ソンなに慌てないでくだサイよ。助かる方法は簡単デス。アッシとゲームをしましょウ」

「ゲーム？」

いきなり突拍子もないことを言い出したシグナールに、省吾は怪訝《けげん》な顔をした。けれど、シグナールは省吾の表情など気にすることなく、話を続ける。

「カノジョさんと一緒にいた女の子がいたでショウ？」

「飯野のことか？」

「サア。名前までは知りまセン。デスガ、アノ子かキミのどちらか片方でも、最寄《もよ》り駅まで帰るコトがデキたらキミたちの勝ち。カノジョさんと、もう一人の女の子のカレシさんも返してあげマス。タダシ、ルールやマナー違反をしたら即《そく》アウトですヨォォォ」

まるで舞台《ぶたい》役者のように大きく身振り手振りをしながらゲームを提案するシグナールに、省吾の理性が吹き飛んだ。

「まさか、忠司も消したのか？　アンタ、人の命をなんだと思ってるんだよっ！」

省吾は右手を振りあげた。その瞬間、シグナールの目が鋭《するど》く光る。

「そのママ殴《なぐ》ってもイイですが……ルール破りにナリますヨォ？」

怒りで頭がいっぱいの省吾の耳には、忠告が聞こえていなかった。そのまま思いっきり殴りつけようとする省吾に、シグナールはニヤリと口角を上げる。

「ざぁぁんねぇぇんデェエエ――」

「大蔵くん、待って！」

その時、切羽詰《せっぱつ》まったような甲高い声が響く。必死の声に反応し、省吾はピタリと動きを止めて顔を上げる。泣《な》き腫《は》らした目をした加奈が勢いよく走ってくるのが見えた。いきなり現れた加奈に、省吾もシグナールも釘付《くぎづ》けになる。

二人が唖然としている隙《すき》に、加奈は省吾とシグナールの間に割って入った。

「いっくら忠司を生きて返してくれるって言っても、あんな目にあわせたアンタを絶対に許さない。必ずぎゃふんと言わせてやるんだからっ！」

強い口調でそう言い放った加奈は、手に持っていたサインペンでシグナールの胸元にあるワッペンに水滴《すいてき》を描《か》き加《くわ》えた。

「これでこのマークは**濡れた手で触れないでください**っていう意味に変わったわ」

ズルいやり方だが、効果はあったようだ。シグナールが必死に描き加えられた水滴を消そうとしている。

「大蔵くん、シグナールはキャストでもなんでもない。いまならシグナールを殴れる！」

ハンカチを取り出す手間を惜《お》しみ、省吾はズボンで手のひらの汗を拭《ぬぐ》う。そして、しっかり拳《こぶし》を握りしめ、シグナールの頬に一発ぶち込んだ。

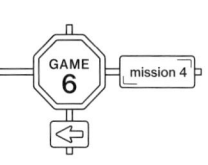

吹っ飛ばされたシグナールは尻もちをついて勢いよく転がった。そのまま綺麗《きれい》に後転しながら立ち上がったシグナールが殴られた頬をゆっくりと撫でる。鼻に皺を寄せ、カチカチカチカチッと尖った歯を鳴らすと、省吾と加奈をギロリと睨んだ。

「アッシに手を出しましたネエエエ！　許しませんヨォォォォ。絶対にキミたちを逃《に》がしませんカラァァァァッ」

怒りを露わにし、シグナールが後ろ足をタンタンッと鳴らす。

けれど、加奈と省吾は負けじとばかりにシグナールに強い視線を向けた。仲間の存在は大きい。さっきまで熱くなっていた頭が冷静になる。省吾はシグナールの怒りの声に反論する。

「アンタ、ルールやマナー違反をしたら即ア

ウトって言ったよな？　でも、それってルールを守れば何も起こらないってことだろ」

それに対しての返事はない。悔《くや》しそうに顔を歪《ゆが》ませるシグナールを見て省吾は思った通りだといった表情で続ける。

「つまり、ちゃんとルールを守れば、無事に最寄り駅まで帰れる。アンタが俺たちを許す許さない、逃がす逃がさないなんて関係ない。要は勝つも負けるも俺たち次第ってことだ」

強制的に参加させられたシグナールのゲームに、正々堂々と挑戦《ちょうせん》する意思表示をした省吾に加奈が続く。

「そうよ。それに、アナタはルールの監視役でしょう？　監視役がルールを破るなんて……ましてや、約束を破るわけないよね」

挑発するようにフンッと鼻を鳴らした加奈の言葉に、シグナールはぐうの音もでないようだ。ブッブブブゥゥゥゥと不機嫌そうに鼻から息を吐き出す。

「確かにキミたちの言う通りデスが……標識や表示、マークや一般的なルールには、イロイロとアリますからネエエエ」

意味深な言葉を口にしたシグナールは、気を取り直したかのように姿勢を正す。そして、クルクルクルクルッと回り始めると、旋風《せんぷう》を巻き起こしながら消え去った。

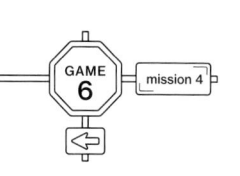

mission－5 循環バス

楽しむために遊園地に来たというのに、小さなマナー違反から、とんでもない相手に目をつけられてしまった。

シグナールが消えたあとでも残っていたつむじ風が、徐々に小さくなって消えていくのを見終えた加奈と省吾は、それぞれ忠司と伊代が消えた状況を報告しあう。省吾のシグナールという存在への解釈《かいしゃく》を聞いた加奈は、強張《こわば》っていた表情を少し緩《ゆる》めた。

「じゃぁ、忠司の首が斬られたのも、シグナールが見せた幻《まぼろし》だったのかも……」

伊代と同じように、ライドがお化け屋敷の出口に到着した瞬間、忠司は跡形《あとかた》もなく消えてしまい、そこに現れたシグナールにゲームを持ちかけられたことを話した。

話を聞き終えた省吾が、神妙《しんみょう》な面持《おもも》ちで口を開く。

「二人を返してもらうには、すぐにでも最寄り駅まで帰るしかないよな」

「うん。どこにも寄らず、一直線に出口まで向かおう。遊園地を出てすぐのところに、駅までの循環《じゅんかん》バスのバス停があるし。それに乗ったら勝ったも同然！」

「ああ。バスの中で注意することといえば、優先席に座らない。騒がない。飲食しない。電話しない。立って乗るんなら、手すりや吊り革に摑まる……ってことぐらいだよな？」

「そうね。でも、バスの中って、いろいろなマークや表示もあるから……油断は大敵だよ」

「だな。シグナールが追いかけてきても、ルールやマナーを守っている限り危害は加えてこないはず。とにかく、落ち着いて行動しよう」

二人の意見は一致《いっち》している。すぐさま出口に向かって歩き始めた。

「あ、バスの時間は何時だろう？」

スマートフォンを取り出そうとした加奈の手を、省吾が止める。

「ちょっと待て。歩きスマホは駄目だ」

「そうだね」

二人は通路の隅《すみ》に寄り、他の来園者の迷惑にならないよう立ち止まった。

スマートフォンで循環バスの時刻を調べる。次のバスが来るまで約十分ほどだ。省吾が園内の案内地図を広げた。

「このルートが最短距離《きょり》だな」

「そうね。時計塔《とけいとう》を目指してまっすぐ進んで、そこを左に曲がれば出口だわ」

最短ルートは人気のアトラクションがあるエリアとは反対方向に進む。しかも、まだ午

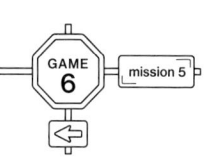

前中なので、出口に向かう人はほとんどいない。

人とぶつかる確率が低いことにホッとして、二人はそれぞれスマートフォンと地図をしまう。

それから頭に入れたルートを進む。案内表示や注意看板を見かけるたびに注意し、他の来園者とすれ違う時も、極力近づかないよう気をつけた。

たった数百メートルの距離にかなり神経をすり減らしながらも、二人は無事に出口まで辿《たど》り着《つ》いた。

「はぁ……警戒《けいかい》しながら歩くのって、こんなにも疲れるんだね」

「ああ。こんなに疲れるとわかっていたら、遊園地から出た時点で俺たちの勝ちになるようアイツに交渉《こうしょう》してたよな」

苦笑しながら遊園地を出ると、矢印の三角形の中にバスを示すピクトグラムが描かれたバス停にはすでに**循環バス**が停《と》まっていた。

「慎重《しんちょう》に歩いていたから、意外と時間がかかっていたみたいだな」

「だね」

走ってバス停へ向かう。

二人は料金ボックスにお金を入れて、バスに乗り込んだ。

車内は混んでいるが、運よく二人がけの椅子《いす》が空《あ》いていた。

「あそこ空いてるよ」

「優先席じゃ……ないな」

空いている席に座るが、まだバスは発車しない。それどころか、まだ乗車してくる人がいた。車内はいつのまにかすし詰め状態だ。

加奈は混雑する車内を見渡した。

バスの左側は、前から二列目まで一人がけだ。その後ろは四人がけのロングシートになっている。立っている乗客が柱のように視界を塞ぎ、よく見えない。けれど、人と人との隙間から、ロングシートの最後尾に座る男性の横顔が見えた。

「え……嘘でしょ？」

加奈は驚き目を見開いた。

乗車した直後、後方の二人がけの椅子目がけて歩いていた時には気がつかなかったが、いま目にした横顔は間違いなく忠司だった。

口に手をあて、声を失う加奈の視線を省吾が辿る。同じく、人と人との隙間から、ロングシートに座る忠司の横顔を発見した。

それだけではない。その横には伊代もいた。

「は？　伊代？」

省吾は勢いよく立ち上がった。後方の座席は前方に比べ、数段高い位置にある。背の高

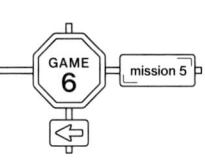

い省吾が立てば、車内全体が見渡せる。

乗客一人一人の様子を見て、省吾はぶるりと震えた。

「な、なんだよ……これは……」

すぐ手前の男性には腕がない。隣の席に座る母子はどちらも血まみれだ。前方を見渡せば、目がぽっかりと空いている人、腹が裂けて腸《はらわた》がズルリと出ている人など、誰もがみんな命に関わるような大怪我を負っている。

あり得ない光景にゾッとしながらロングシートに目を向けた。忠司の首元には赤い線がついていた。その横に座り、忠司の頭を押さえている伊代の頭の一部は陥没《かんぼつ》していた。

口元を手で覆《おお》い、こみ上げてくる吐き気を我慢する。

「ねえ、このバス。ヤバいよ」

脂汗《あぶらあせ》をかき、足から力が抜《ぬ》けてドスンと座りこんだ省吾の肩を加奈が揺する。

「とにかく二人を連れて、早く逃げよう。バスが出発したらアウトだよ！」

今度は加奈が立ち上がる。省吾の腕を持ち、引っ張り上げようとした。

だが、そのタイミングで発車のアナウンスが響いた。

「本日もご乗車くだサイましテエエエ、誠《まこと》にありがトォオウございマァァアス。このバスは終点**『再生工場』**までノンストップで走りマァァス。一度ご乗車サレますと、終点まで降りるコトはできまセンのでご注意くだサァァイ」

調子っぱずれの甲高い声はシグナールのものだ。二人はギクリと固まった。それと同時にバスのエンジンがかかる。加奈は咄嗟に降車ボタンを押した。

「すみません、降ります！　バスを乗り間違えました！」

必死に叫ぶが、誰も反応しない。バスの扉は無情にもガチャリと閉まった。

「ちょっと、シグナール！　まだ出発していないんだから、扉を開けてよ！」

姿の見えないシグナールに向けて加奈は大きな声を出した。

すると、車内アナウンスから「プップププゥゥゥ」と楽しげに鼻を鳴らすような音が響いた。

「ダァアメデエエスヨォォォ。いま、言いましたでショウ？　終点まで降りられませんっテエエエ。バスのマークをちゃんと見ていたら、**リサイクルマーク**だと気づいたはずですヨ。ご乗車になられている方々は、ナニかしらルール違反をした悪い人タチなんデス。ですカラみぃぃんなリサイクルして、素直《すなお》ないいコにしてさしあげマァアス」

アナウンスが終わると同時にバスが発車する。その衝撃《しょうげき》で立っていた加奈は座席に尻餅《しりもち》をつく。

うつろな目をして動かない人たちの中で、省吾と加奈は窓を叩き、外に助けを求め、叫ぼうとした。だが、外を流れる見知らぬ景色――この世のものとは思えない景色に二人は絶望した。

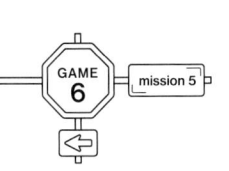

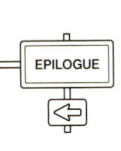

エピローグ

放課後の教室清掃《せいそう》で、清美《きよみ》はゴミ捨て当番になった。

同じ班の明恵《あきえ》と一緒《いっしょ》に、一階の奥《おく》にあるゴミ収集場所に持っていく。

収集場所の扉《とびら》の傍《そば》には、赤い丸の中に描《えが》かれた少し開いた扉の絵に、赤い斜線《しゃせん》が引かれたステッカーが貼《は》ってある。清美は首を傾《かし》げた。

「これって、勝手に入っちゃ駄目《だめ》ってこと？」

「利用者以外の侵入《しんにゅう》禁止か、最後の人は鍵《かぎ》を閉め忘れないようにっていう注意でしょ」

さほど気にする様子もなく、明恵が扉を開けた。途端《とたん》、もわっとした空気が流れ出す。

「くっさ！　窓も扉も閉め切ってるから、ゴミの臭《にお》いが充満《じゅうまん》してるじゃんっ」

二人は顔を顰《しか》め、鼻を摘《つ》まんだ。

収集場所には回収ボックスがあり、『ペットボトル』『ビン・カン』『プラスチック』『金属類』『危険物』『可燃ごみ』『不燃ごみ』『生ごみ』と、それぞれ分かれている。

教室のゴミ箱も分別されているが、生徒の中には適当にゴミを捨てる人もいる。ゴミ捨て当番は、ゴミ箱の中身を確認《かくにん》しながら回収ボックスに入れなくてはいけない。

「ちょっとクサすぎるから扉だけでも開けておこうよ」

二人は扉をフルオープンにしたまま中に入る。

すると、回収ボックスの一つからボンッと白い塊《かたまり》が飛び出した。

「ブップブブゥゥゥ！」

両手で大きくバツ印を作って見せながら、白いウサギの着ぐるみが現れた。

たれた耳はかわいいが、真《ま》っ赤《か》な目は血走り、裂《さ》けた口からは尖《とが》った歯が覗《のぞ》いている。

「アッシはシグナール。この世界の〝ルール〟の監視役《かんしやく》デス」

見た目は不気味だが、仕草は紳士的《しんしてき》だ。丁寧《ていねい》にあいさつをしたシグナールは、開けっ放しの扉を指さすと、そのままクイッと指を曲げた。扉がバタンッと音をたてて閉じる。

扉の内側にもステッカーが貼られていた。

驚《おどろ》き固まる二人に向けて、シグナールがステッカーをパンパンと叩《たた》く。

「このマークは**開放禁止**。開けっ放しは厳禁ですヨォォ」

シグナールがプップププッと興奮したように鼻を鳴らす。

「ルールを破ったので二人には、ペナルティを与《あた》えなくてはイケマセン。デスガ……アッシも鬼《おに》や悪魔《あくま》じゃアリマセン。ゲームに勝てたらペナルティをなしにしてあげまショウ」

二人にゲームを提案するシグナールの目は、不気味なほど真っ赤にギラついていた。

開放厳禁
KEEP CLOSED

◎本書は書き下ろしです。
◎この物語はフィクションです。
実在する個人、組織、事件等とは一切関係ありません。

［著者略歴］

藤白圭（ふじしろ・けい）

愛知県出身。2月14日生まれ。B型。

物心つく前から母親より、童話や絵本ではなく怪談を読み聞かせられる。その甲斐あってか、自他ともに認めるホラー・オカルト大好き人間。常日頃から、世の中の不思議と恐怖に向き合っている。

『意味が分かると怖い話』（小社刊）でデビュー。「意味怖」シリーズは累計40万部超、若い世代を中心に大きな支持を得ている。他の著書に『怖い物件』『私の心臓は誰のもの』（小社）、『意味が分かると怖い謎解き　祝いの歌』（双葉社）、『異形見聞録』（PHP研究所）、『謎が解けると怖いある学校の話』（主婦と生活社）、『消された１行がわかるといきなり怖くなる話』（ワニブックス）などがある。

［イラスト］

トミイマサコ

埼玉県出身・東京都在住。イラストレーター。主に書籍の装画・挿絵を描いている。

担当した作品は「家守神」シリーズ（おおぎやなぎちか作／フレーベル館）、「妖怪コンビニ」シリーズ（令丈ヒロ子作／あすなろ書房）、『ふたりのラプソディー』（北ふうこ作／文研出版）、『虹色のパズル』（天川栄人作／文研出版）、『となりのきみのクライシス』（濱野京子作／さ・え・ら書房）ほか多数。

2023年に2冊の画集『虹間色』（森雨漫）、『トミドロン』（パイインターナショナル）を出版。

5分シリーズ＋

怖《こわ》い標《ひょう》識《しき》デスゲーム

2024年10月20日　初版印刷
2024年10月30日　初版発行

著者　藤白圭
イラスト　トミイマサコ
発行者　小野寺優
発行所　株式会社河出書房新社
〒162-8544　東京都新宿区東五軒町2-13
☎ 03-3404-1201（営業）　☎ 03-3404-8611（編集）
https://www.kawade.co.jp/
デザイン　今道伊足（BALCOLONY.）
組版　株式会社キャップス
印刷・製本　株式会社暁印刷

ISBN978-4-309-03918-3　Printed in Japan

5分シリーズ+

短編小説「5分シリーズ」から生まれた衝撃作

意味が分かると怖い話

藤白圭

気づいた瞬間、心も凍る！

穏やかな「本文」が「解説」によって豹変？ 1分で読めるショートショート
69編を収録した、病みつき確実の新感覚ホラー短編集！

ISBN978-4-309-02709-8

5分シリーズ+

意味が分かると震《ふる》える話

藤白圭

大ヒット「意味怖」第2弾

隠された意味に、戦慄《せんりつ》が止まらない!

「イミコワ」の恐怖に加え、「謎」と「超」の新コーナーを追加。病みつき確実の新感覚ホラー短編集!

ISBN978-4-309-02792-0

5分シリーズ+

意味が分かると慄《おのの》く話

藤白圭

大ヒット「意味怖」第3弾

最強、最恐、最凶。

さらにパワーアップした、病みつき確実の新感覚ホラー短編集！

ISBN978-4-309-02832-3